포켓 스마트 북 ⑦

울타리

포켓 스마트 북 ❼

출판문화수호 스마트 북

2023년 7월 2일 1판 1쇄 인쇄
2023년 7월 7일 1판 1쇄 발행

백일홍 울타리

편 자	울타리글벗문학마을
기 획	이상열
편집고문	김소엽 엄기원 조신권 이진호
편집위원	김홍성 이병희 최용학 김영백 방효필
발 행 인	심혁창
주 간	현의섭
표 지 화	심지연
교 열	송재덕
디 자 인	박성덕
인 쇄	김영배
관 리	정연웅
마 케 팅	정기영
펴 낸 곳	도서출판 한글

우편 04116
서울특별시 마포구 신촌로 270(아현동) 수창빌딩 903호
☎ 02-363-0301 / FAX 362-8635
E-mail : simsazang@daum.net
창   업 1980. 2. 20.
이전신고 제2018-000182
* 파본은 교환해 드립니다.
* 정가 6,500원
* 국민은행(019-25-0007-151 도서출판한글 심혁창)

ISBN 97889-7073-625-9-12810

발행인이 드리는 말씀

책 읽는 리아나

이 단행본 울타리는 정기 간행물이 아닌 휴대용 포켓북입니다. 지금은 전 국민이 '스마트폰'에 매몰되어 책 읽는 독자가 대폭 감소했습니다.

이 실정을 어떻게 설명해야 할까요? 지금 한국은 출판문화가 무너지고 있습니다. 출판문화가 무너지면 출판사와 서점과 작가와 관계기관이 사라집니다. 그런 터 위에서 우리도 문화 선진국 민이라고 자랑할 수 있을까요? 많은 사람들이 우리나라에는 왜 노벨 수상작가가 안 나오느냐고 합니다. 그 책임은 작가와 독자의 책임이 큽니다.

이 「울타리」는 스마트 폰에 빠진 독자를 위해 출판한 책입니다. 문공부나 유관 기관에서 해야 할 일인 줄 알지만 출판인으로 살아온 저는 이렇게라도 하지 않을 수가 없어서 메마른 땅에 씨를 심는 심정으로 울타리를 심고 있습니다.

이 스마트 북을 자투리시간에 읽으시면 지식도 되고 출판문화 발전의 후원도 됩니다.

어른 아이 남자 여자 백발노인 너도나도
스마트 폰 품에 안고 자나 깨나 손 못 놓네
책으로 세운 문화 핸드폰에 무너진다!
발행인 심혁창

한국출판문화 수호캠페인에 동의하시는 분께

한국출판문화수호 캠페인에
동의하시는 분을 환영합니다.

이메일이나 전화로 주소와 전화번호를
알려주시면 회원으로 모십니다.
메일:simsazang@daum.net

1권 신청, 정가 6,500원 입금
보급후원 : 10부 40,000원 입금
국민은행 019-25-0007-151
도서출판 한글 심혁창
이 책은 전국 유명서점과 쿠팡에서 판매합니다

04116
서울특별시 마포구 신촌로 270
수창빌딩 903호
전화 02-363-0301 팩스 02-362-8635
이메일
simsazang@daum.net
simsazang2@naver.com
010-6788-1382 심혁창

한국출판문화수호캠페인중앙회

남기고 싶은 말

_____   년   월   일

_____   님께

_____   드림

목 차

상해에 독립운동가가 세운 최초 초등학교

인성학교(仁成學校)

최 용 학

중국 상해 전경

　중국 상해에 한국 독립군이 후대들의 교육을 위한 최초의 초등학교가 세워졌다는 사실을 아는 사람은 드물다. 아직도 잘 알려지지 않은 상태에 있던 우리 민족의 애국정신으로 설립되었던 인성학교(仁成學校)를 소개하고자 한다.

　인성학교는 널리 알려져 있지 않지만, 간단히 소개하면 몽양 여운형(夢陽 呂運亨) 선생이 1919년 상해에서 설립하여 교장으로 어렵게 젊은 청소년들에게 민족의식의 중요성을 중점적으로 교육하면서, 덕지체(德智體)를 바탕으로 민족정신을 높이는데 중점을 두고 노력했던 중요한 학교였다.

그런데 이러한 역사도 관련된 내용이 많기 때 문에 1919년에 정식으로 개교가 시작되기 전에 있었던 몇 가지 사연들을 간단히 찾아보았다.

1916년 9월 1일에는 상해 교회 소속이던 한인기 독교소학이라는 사립학교가 처음 개교되어서, 1917 년 2월에 쿤밍로 75번지로 옮겨서 인성학교라고 이

당시 인성학교 전경(1920)

름을 고쳤다고 한다.

당시 초대 교장도 여운형 선생이었는데, 학교 운 영에 많은 어려움을 겪다가 학교를 여러 곳으로 옮

기면서, 교민들에게 기부금 지원을 요청했으나 뜻을 이루기가 어려웠다고 한다.

그러던 중에 상해의 교회에서 인성학교 유지회를 두게 되었으며, 특별찬조자로 이동휘(李東輝), 이동녕(李東寧), 이시영(李始榮), 안창호(安昌浩), 손정도(孫貞道) 선생 등이 동조해서, 인성학교를 후원하기 시작함으로써 이 학교가 활성화될 수 있었다고 한다.

그러나 이후에도 재정난으로 여러 가지 어려움을 겪었는데, 거류민단의 소속으로 학교 유지와 발전을 위한 자금을 계속 모집하는 등 많은 활동을 하면서 학교를 육성하는데 전력을 다했다고 한다.

그리고 학교의 발전을 위해 건물을 이전하기도 했으며, 후에 유치원과 야간학교도 설치하는 등 많은 노력을 계속하면서, 1919년 임시정부가 설립된 후에는 어려운 속에서도 학교를 제대로 운영할 수 있었다고 한다.

이렇게 어려운 과정을 겪으면서도 학생들을 계속 키워왔기 때문에, 광복 후에도 이러한 인성학교의 정신을 이어받은 한국학교가 1999년에 상해에 새로

세워지게 되었다고 한다.

그뿐이 아니고 현재도 상해에 있는 한국학교 에서는 매년 '인성제'라는 축제를 열고 있을 뿐만 아니라, 인성학교와 연관된 많은 책들을 학생들에게 배부해서, 그 정신을 이어받도록 가르치고 있다고 한다.

이러한 인성학교를 광복되기 전에 상해에서 태어났던 한민회(韓民會) 최용학 이사장이 어린 시절에 인성학교를 다녔기 때문에 아직도 기억하고 있는 교가

인성학교 졸업생 사진(1925, 3)

를 가끔 부른다고 한다.

그리고 이러한 교가는 오래 전에 광복회장을 지냈

던 박유철(朴維徹) 회장님의 모친인 최윤신 여사님도 인성학교의 선배 졸업생으로 이 교가를 부를 줄 알았다고 하는데 몇 년 전에 별세하셨기 때문에 이제는 최 이사장이 유일하게 부를 줄 알고 있는 거라고 하여 이번에 많은 분들에게 간단히 알려드리게 된 것이다.

인성학교 교가(成學校 校歌)

1. 사랑 곧다 인성학교
   덕지체로 터를 세우고,
   완전 인격 양성하니
   대한민국 기초 완연해
   후렴) 만세 만세 우리 인성학교
        천천 명월 없어지도록
        내게서 난 문명 샘이
        반도 위에 넘쳐흘러라
2. 의기로운 깃발 밑에
   한데 모인 인성 소년아
   조상 나라 위하여서
   분투하여 노력하여라!
   후렴)

그래서 이번에는 이러한 인성학교와도 연관이 있고, 독립운동을 위해 많은 활동을 했던, 몽양 여운형 선생을 비롯해서 인성학교를 유지하기 위해 계속 함께했던 선우혁(鮮于爀). 이유필(李裕弼), 도인권(都寅權), 조상섭(趙尚燮), 윤기섭(尹琦燮), 김두봉(金枓奉), 여운홍(呂運弘). 김영학(金永學), 안창호(安昌浩) 선생 등에 대해서, 이분들의 중요한 독립운동 공적만을 간단히 알려드린다.

특히 김규식 선생, 여운형 선생, 현정경 선생 등은 영어, 최창식, 서병호 선생은 수학, 김두봉 선생은 국어 및 국사를 중점적으로 가르친 분들이었다.

여운형 선생은 1885년 경기도 양평 출신으로, 어려서부터 배재학당(培材學堂), 흥화학교(興化學校), 우무학교(郵務學校) 등에서 수학했으며, 이후에는 집안의 노비들을 과감히 풀어주는 등 봉건 유습(封建遺習)의 타파에도 앞장섰던 분이었다고 한다.

그리고 기호학회의 평의원으로도 활동했으며, 1910년에는 강릉(江陵)의 초당의숙(草堂義塾)에서 민족교육에도 진력했던 분이었다. 1911년에는 평양의 장로교연합신학교에 입학했다가, 1914년에는 중국으로 건너가서 남경(南京)의 금릉대학(金陵大學)에서 영문학을 전공했으며, 이어서 동제사(同濟社)에도 참여했던 분이었다.

이후에는 1917년에 상해로 가서 본격적으로 민족운동을 전개하기 시작했던 것이다. 1918년에는 상해 고려인친목회를 조직해서 총무로 활동하면서, 기관지로 「우리들 소식」을 발행했으며, 구미에 유학하겠다는 70여 명의 학생들에게 유학을 알선해 주기도 하였다.

1918년에는 신한청년당(新韓靑年黨)을 조직해서 총무로 활약했으며, 파리강화회의가 열리자, 당시 천진(天津)에 있던 김규식(金奎植) 선생을 파견하기도 했다고 한다. 그리고 1919년에 대한민국 임시정부가 수립되자 임시의정원 의원 등을 역임했으며, 여러 가

여운형 선생 기념관(경기, 양평)

지 교민사업에도 관여하였고, 인성학교를 설립하고, 영어 교사, 그리고 교장 등으로 민족교육에도 진력

했던 분이었다. 이후에는 여러 곳을 돌아다니면서 러시아 측과 여러 가지로 협조하다가 다시 상해로 돌아와서는 1922년에 한국노병회(韓國勞兵會)를 조직해서 군사적 투쟁을 준비하기도 하였다.

그 후에도 계속 많은 활동을 하였으나, 러시아의 영향으로 주로 사회주의 사상을 중심으로 국공합작과 사회주의운동 세력의 통합, 한중 연대 등을 중심으로 활동을 하게 되었으며, 조선중앙일보 사장으로 언론을 통한 항일운동도 전개한 분이었다.

그리고 1940년 이후 동경(東京)으로 건너갔으며, 1944년 8월에는 건국동맹(建國同盟)을 조직해서 조국 광복을 준비하다가 두 번이나 일경에 피체되어 징역 3년과, 징역 1년 집행유예 3년을 받아 광복될 때까지 옥고를 치르기도 하였다.

이후 광복 후에 국내로 돌아왔다가. 1947년에 국내에서 60대 초반의 연세로 별세한 분이었다.

최용학

1937년 11월 28일, 中國 上海 출생(父:조선군 특무대 마지막 장교 최대현), 1945년 上海 第6國民學校 1학년 中退, 서울 협성초등학교 2학년중퇴, 서울 봉래초등학교 4년 중퇴, 서울 東北高等學校, 韓國外國語大學校, 延世大學校 敎育大學院, 마닐라 데라살 그레고리오 아라네타대학교 卒業(敎育學博士), 평택대학교 교수(대학원장 역임) 현) 韓民會 會長

박정희 대통령 명연설

53년 전 대국민 담화문 중에서

내가 해 온 모든 일에 대해서, 지금까지 야당은 반대만 해왔던 것입니다. 나는 진정 오늘까지 야당으로부터 한 마디의 지지나 격려도 받아보지 못한 채, 오로지 극한적 반대 속에서 막중한 국정을 이끌어왔습니다.

한일국교 정상화를 추진한다고 하여, 나는 야당으로부터 매국노라는 욕을 들었으며 월남에 국군을 파병한다고 하여, '젊은이의 피를 판다'고 악담을 들었습니다.

없는 나라에서 남의 돈이라도 빌려 와서 경제건설을 서둘러 보겠다는 나의 노력에 대하여 그들은 '차관 망국'이라고 비난하였으며, 향토예비군을 창설한다고 하여, 그들은 국토방위를 '정치적 이용을 꾀한다'고 모함하고, 국토의 대동맥을 뚫는 고속도로 건설을 그들은 '국토의 해체'라고 하였습니다.

이렇듯 대소사를 막론하고 내가 하는 모든 것에 대해서, 비방. 중상. 모략. 악담 등을 퍼부며 결사반

대만 해왔던 것입니다. 만일 우리가 그때 야당의 반대에 못 이겨 이를 중단하거나 포기하였더라면, 과연 오늘의 대한민국이 설 땅이 어디겠습니까?

내가 해 온 모든 일에 대해서, 지금 이 시간에도 야당은 유세에서 나에 대한 온갖 인신공격과 언필칭 나를 독재자라고 비방합니다. 내가 만일, 야당의 반대에 굴복하여 '물에 물탄 듯' 소신 없는 일만해 왔더라면 나를 가리켜 독재자라고 말하지 않았을 것입니다.

야당의 반대를 무릅쓰고라도 국가와 민족을 위해 도움이 되는 일이라면, 내 소신을 굽히지 않고 일해 온 나의 태도를 가리켜 그들은 나를 독재자라고 말하고 있습니다.

야당이 나를 아무리 독재자라고 비난해도, 나는 이 소신과 태도를 고치지 않을 것입니다. 또 앞으로 누가 대통령이 되든 오늘날 우리 야당과 같은 '반대를 위한 반대'의 고질이 고쳐지지 않는 한 야당으로부터 오히려 독재자라고 불리는 대통령이 진짜 국민을 위한 대통령이라고 나는 생각합니다.

1969년 10월 10일

대통령 박정희

2030대 젊은이에게 드리는 호소

이 글은 카카오 톡 방에도 카페에서도 인터넷 어디든지 떠 있는 글이다. 늙은 꼴통의 잔소리라고 젊은이들이 싫어하는 글. 그래도 한국의 아들딸로 태어난 이들은 읽어보기 바란다. 누가 썼는지 모르나 젊은이가 쓴 것으로 보인다. 오직 나라를 사랑하는 분의 솔직하고 결의에 찬 글이라 스마트 북 '울타리'에 올린다. (엮집자)

몇 년 전 돌아가신 우리 외할매는 말했다. 왜정 때, 그래도 이 땅보단 뭔가 나을까 해서 만주로 갔단다. 그리고 뙤놈들한테 갖은 무시를 당하다가 내 나라가 독립됐단 소릴 듣고 이고 지고 다시 고향으로 내려왔단다.

그때 우리 어매는 외할매 어깨 위에서 두만강을 건넜단다. 그래, 우리 어매는 만주에서 태어났다. 어느 놈들 논리라면 뙤년이겠구나. 어쨌든 중국 땅에서 태어났으니. 누구는 일본에서 태어났고, 그래서 친일파란 소리 들었다니 그렇겠구나.

1917년 태어난 박정희도 만주로 갔지. 그리고 군인이 되었다. 그래서 친일파라더구나. 그런데 그가 태어났을 때 그가 속할 나라는 이미 일본뿐이었다. 태어난 게 태어난 자의 죄인 거냐?

너희들은 부모를 골라서, 나라를 골라서 태어날 수 있었더냐? 태어난 게 어매 잘못이냐? 박정희 잘못이냐? 못 먹고 못 살아 찢어지게 가난하여 조국도 없던 그 시절이 잘못 아니더냐?

청나라로 끌려갔던 여인들이 환향녀로 매도되어 지금도 그 이름이 남아 있지. 화냥년. 지켜지지 못해 피해 받은 그들이 무슨 잘못이더냐? 일제 때 이 나라 꽃다운 처녀들이 성노예로 끌려갔다고 분개하더라! 그게 누구 잘못이냐?

그녀들의 잘못이냐? 일본 놈의 잘못이냐? 그러지 않게 지켜줄 나라가 없어지게 된 탓 아니냐? 그런데 나라를 일제에 넘기고도 이씨 왕가 일족들은 일제가 망하는 그날까지도 호의호식했다 하더라. 그래 우리 외할매는 수꼴이었다. 아니 우리 할매도 할부지도 수꼴이었다.

나라가 없다는 건, 지킬 수 있는 게 아무것도 없다는 걸 경험으로 알았기 때문이지. 그래, 너희들이 비웃는 늙어서 죽어야 하는 80~90대는 내 나라가 없어 서럽던 그런 분들이다. 그래서 그분들은 경험으로 안다. '내 나라'라는 게 '울타리'라는 것을. 나라가 없이는 나도 없다는 것을. 그래서 안보, 안보 하며 지팡이를 짚고 꼬부라져서라도 태극기를 들고 나서는 것이다.

이제 80을 앞둔 우리 어매는 말한다. 나무껍질 벗겨서 먹어봤냐고. 부황이 들어 온몸이 퉁퉁 부어봤냐고. 쌀 한줌에 고구마 줄기를 한 솥 넣어 풀죽 끓여 먹어봤냐고. 전염병이 돌면 픽픽 죽어 나가는 사람을 본 적 있냐고. 공부하고 싶어도 학교가 없었던 그 시절을 겪어 봤냐고.

미국? 양키? 우리 어매는 그런 거 모른다. 시골 초봄, 누렇게 떠서 죽어가다가 학교에서 배급으로 나눠준 우유가루로 죽을 끓여 먹고 설사를 할망정 그 덕분에 살았다 한다.

우리 어매도 6.25는 이제 가물가물하다 한다. 벌써 70년 전 일이다. 그래도 우리 어매는 단 하나는 안다. 배고픔이 사람을 얼마나 짐승으로 만드는지를.

우리 아배는 말한다. 5.16혁명을 국민들은 반겼다고. 전쟁은 끝났지만, 먹고 살 길은 막막했고 못 먹고 못살던 국민들의 패배감은 끝이 없었는데, 민주주의 하겠던 4.19 다음에 나라는 되레 난장판 데

모 천지가 되었다고. 그래서 그때는 또 한 번 세상이 뒤집어졌으면 좋겠다는 바람이 가득했다고. 그럴 때 난장판인 나라에서 질서를 유지하고 국민들에게 희망을 주고 배고픔을 면하게 해준 건 박정희였다고.

그래! 그래서 우리 어매도 아배도 태극기를 들고 나섰다. 너희들이 말하는 것처럼 늙어 빠져서 뇌가 마비되어서, 세뇌되어서가 아니라 다시는 나라를 빼앗기지 말아야겠다는 트라우마 때문에, 그래도 이만큼 살게 해주어서 감사하다는 은혜 갚음 때문에, 그 뼈저린 경험 때문에 그러하다.

너희들이 보기에는 우습게 보이느냐? 판단력이 흐려진 늙은이들로 보이느냐? 장기집권이 잘못됐다고 하느냐? 유신독재 잘못됐다고 하느냐? 그러나 그 시대를 열심히 일하며 살았던 사람들은 하나같이 말한다. 그래도 고마웠다고.

먹고 살 만하게 되었기에 그 다음에 저들이 말하는 민주주의고 뭐고가 있게 되었다. 나라 뺏긴 서러움을 아는 사람, 6.25를 겪은 사람들이 바로 너희들이 말하는 늙어빠진 노인네들이다. 너희들이 결코 알지 못하는 경험을 했던 사람들이 바로 늙은 수구 꼴통들이다.

그들이 가난을 원수처럼 여겨 나라를 일으키는 초석이 되었다. 자기 한 몸 희생해서 나라를 위해 살아 왔다. 나라 없는 설움, 약해서 겪은 전쟁, 그 참상을 알기 때문이다

박근혜 밉다고 앞뒤 가리지 않고 쫓아내고 문재인 좋다고 '대깨문'해서, 그래 지금 만족스럽냐? 니들 일자리부터 날아가고 경제는 난장판인데 니들의 '이니'는 '정으니'에게 퍼줄 생각에 여념이 없더구나. 그게 니들이 바라던 거냐? 그래 좋다, 촛불, 민주주의. 그런데 그러다 나라의 경제가 안보가 다 깨지든 말든 그래도 좋다는 거냐? 알아 두어라. 나라가 있어야 하고 나라가 강해야 너희들도 있다는 것을. 너희들이 때로 나라를 욕하고 촛불을 들 자유도 나라가 있고서야 비로소 있을 수 있다는 것을.

그리고 또 알아 두어라. 장미꽃은 향기롭지만 결코 끓여서 수프로 먹을 수 없다는 것을.

볼 것 없는 배추 시래기로라도 배를 든든히 하고서야 장미향을 맡을 수 있다는 것을.

무엇이든 기본이 있어야 한다는 것은 너희들도 알 것이다. 그 기본은 바로 '나라'이다.

그 나라는 바로 대한민국이다.

참 지도자 박정희

김 병 희
(前 인하공대 학장)

"그 車가 네 車냐? 그 車가 네 아버지 車냐?"

이 글은 박정희 대통령의 대구사범 동기인 김병희 전 인하공대 학장의 회고록에서 발췌한 내용입니다.

5.16 혁명시절 최고회의 의장실에 무상출입하게 된 나는 박정희와 30년 지기였건만, 그때 나는 인간 박정희의 새로운 면모를 보게 되었다. 내가 의장실에 처음으로 들어섰을 때의 첫 인상은 그 방이 어쩌면 그렇게도 초라할 수 있을까 하는 것이었다.

장식물이라고는 하나도 없고 특별한 기물도 없었다. 마치 야전사령관이 있는 천막 속을 방불케 하는 인상을 받았다.

특히 그가 앉은 의자는 길가에서 구두 닦는 아이들 앞에 놓인 손님용 나무의자와 조금도 다를 바가 없었다. 게다가 그가 피우는 담배는 국산 '아리랑'이 었다. 당시에 내가 피우던 담배는 국산으로는 최고 품인 '청자'였고, 때로는 선물로 받은 양담배 '바이스로이'를 피웠는데, 그것도 저것도 아닌 아리랑을 그가 피우는 것을 보고 놀랐고 한편으로는 부끄럽기도 했다. 또 하루는 그 방에 들어갔을 때 마침 그는 점심을 들기 시작했는데, 이게 웬일인가!

단돈 10원짜리 냄비우동 한 사발과 단무지 서너 조각이 그날 식단(食單)의 전부였다. 마침 나는 친구들과 어울려 10원짜리 우동을 50그릇이나 살 수 있는 500원짜리 고급 식사를 마치고 온 터라 몹시 양심의 가책을 받았다.

'동서고금을 통해 한 나라의 최고 집권자가 이렇게 험한 음식으로 점심을 때우는 일이 어디에 또 있을까?' 하는 생각에 나는 깊은 감명을 받았다.

박의장의 애국심은 지나치다고 보일 때도 가끔 있었다. 그는 당시 장충단 공원에 있는 의장공관을 쓰고 있었는데, 어느 눈비 내리는 겨울 아침에 국민학교 6학년인 장녀 근혜 양을 운전병이 지프차로 등교시켜 준 일이 있었다.

그날 저녁에 그 사실을 알게 된 박의장은 근혜 양을 불러다 꿇어 앉혀놓고,

"그 차(車)가 니(네) 차냐? 그 차가 아버지 차냐?" 하고 힐책했다. 아무 말도 못하고 울고만 있는 딸에

게 그는 다음과 같이 말했다.

"그 차는 나라 차야, 나라 차를 니(네)가 감히 등교용으로 쓸 수 있는가 말이다!"

아득한 옛날, 대구사범 1학년 때 생각이 떠오른다. 박물 시간에 어느 식물 꽃 단면을 확대경을 보아가며 크고 세밀하게 그리는 작업을 한 일이 있었는데, 여러 급우들이 그린 것들 중에서 최고 평점인 'G'를 박(朴)군이 차지했었다.

그는 일찍 경북 선산군 구미보통학교를 수석으로 졸업하여, 그와 같은 수석들만 응시했던 대구사범의 9:1이라는 입시경쟁을 돌파한 엘리트였고, 그 엘리트들 중에서도 'G'라는 평점을 받을 만큼 그의 두뇌는 비상했던 것이다. 그랬기에 천군만마를 질타하는 작전계획이라면 저 미국 육사 출신의 엘리트들조차 우리 박장군을 따를 수 없다고 하지 않았겠는가!

그랬기에 쓰러져 가는 이 나라의 구출을 위한 한강도강작전(漢江渡江作戰)에도 성공하지 않았던가?

정희야! 너와 나는 대구사범에 입학해서 본관 2층이었던 1년 2조(組) 교실에서 처음으로 만났지, 이름 글자로는 드물던 '희(熙)'를 우리 둘은 공유했기에, 나는 너에게 비록 성(姓)은 달랐어도 형제와도 같은 친근감을 느꼈었다. 내가 보던 너는 항상 모든 일에 총명했다. 게다가 너는 또 의분을 느끼면 물불을 가리지 않고 뛰어드는 용감한 사나이였다.

어느 날 박물교실의 뒤뜰에서 대구 출신 S군과 약골(弱骨)인 주재정 군이 싸웠는데, 깡패와 같았던 S는 주군을 단숨에 때려 눕혀놓고, 그래도 모자라서 맥주병을 깨어 머리를 쳤는지라 유혈이 낭자했다.

모두가 겁을 먹고 도망쳤는데, 오직 우리 박군만이 뛰어들어 그 S를 때려눕히고 주 군을 구출했었다. 그 용기와 그 지모와 그 애국심이 박군의 그 날(5.16혁명)을 있게 했건만, 그에게 넘겨진 대한민국은 GNP 83불의 세계 153개국중 152번째로 못사는 나라였다. 헐벗은 백성들이 4월남풍에 대맥(보리)이 누렇게 익기만 기다리고 있는 형편이었다.

이른바, 우리 겨레의 비운이었던 보릿고개를 알았기에, 그는 10원짜리 냄비우동으로 점심을 때우면서도 그런 것조차도 못 먹는 불쌍한 동포들의 굶주림을 걱정했을 것이다.

또 체인 스모커(chain smoker)인 그가 담배 없이는 아무 일도 손에 안 잡히니 피우기는 해야겠는데, 그 옛날 아버지와 할아버지가 권련은커녕 한 봉지의 장수연(長壽煙)이나 희연(囍煙)조차도 손쉽게 못 얻어 피우시던 일을 회상하면, 그 '아리랑'을 피우기조차 송구스럽게 생각하지 않을 수 없었을 것이다.

인간 朴正熙!

그는 이미 하늘나라로 가버렸으니 어찌 나의 이 추모의 정을 알리오. 오늘에 와서 그를 비방하는 일부 인사들도 많지만, 진정 그를 아는 사람이 몇이나 될까?

나는 그 당시 그를 가까이 모시면서 만사에 청렴결백했던 그를 보았지만 아무리 맑게 한다 해도 후일의 가족을 위해 어느 구석진 곳에 그들의 생활비 정도는 나올 무엇인가는 마련해 두었으리라고 보고 있었다. 그런데 오늘에 와서 보니 그것도 아니었으니, 이 세상에 그처럼 결백한 집권자가 또 어디 있었을까.

박대통령의 비리를 찾아보려고 26년간 뒤지고, 까고, 파고, 훑어봐도 찾을 수가 없으니, 화풀이라도 하려는 듯 그가 쓴 광화문, 화령전, 운한각, 현판도 뜯어내고, 그 시절에 심어졌다 해서 나무까지 뽑아낸 정치인들!

장관자리에 앉음과 동시에 제 자식 취직자리부터

챙기는 썩어빠진 것들이 박대통령을 매도하려 발버둥친다.

좌파놈들아!!

똑바로 알아라!!

당신들이 제아무리 폄훼하려 발광해도 박정희 대통령의 이름은 대한민국 중흥의 시조로서 역사에 길이길이 남을 것임을……

박정희는 비록 비명에 갔지만 그는 죽어서 진정 그 가치를 세월이 흘러가면 갈수록 높이 평가받게 될 것임을……

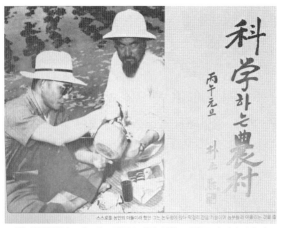

박대통령이 따르는 막걸리를 받는 김포 농부 심씨

세계 최고의 지도자들이 평한

박정희에 대한 평

앨빈 토플러

"민주화는 산업화가 끝난 후에 가능하다. 이런 인물을 독재자라고 말하는 것은 언어도단이다. 박정희 모델은 누가 뭐라고 말해도 세계가 본받고 싶어 하는 모델이다."

헨리 키신저

"20세기 혁명가들 5인 중 경제발전이라는 기적을 이룩한 사람은 오직 박정희 한 사람이었다. 그는 산업화를 통해 민주화의 토대를 다진 인물이라서 존경한다."

아이젠하워 대통령

"박정희가 없었다면 공산주의의 마지노선이 무너졌다."

폴 케네디

"박정희는 세계 최빈국을 불과 20년 만에 세계 정상급 국가로 만든 인물이다."

후진타오

"나는 새마을 운동을 많이 연구했다. 상당수 중국 국민들이 박정희를 존경한다."

등소평

"박정희는 나의 멘토다. 아시아의 4마리용 중 박정희를 특히 주목하라."

마하티르와 훈센

"박정희 대통령을 최고로 존경한다."

김정일

"예전에 유신에 대해 말들이 많지만, 박정희는 새마을운동을 통해 경제를 성장시키지 않았는가? 서울을 보라. 서울은 도쿄보다 나은 민족의 자산이다." — 정주영과 대화 중

푸틴

"박정희에 관한 책은 어떤 책이라도 다 가져오라. 그는 나의 모델이다."

가스프롬 등 주요 에너지 기업과 전략 사업의 국영화를 통한 경제 개발 방식도 '박정희식 모델'을 답습한 것이라는 평가.

리콴유 싱가포르 총리

"박정희 대통령이 눈앞의 이익만 좇았다면 지금의 대한민국은 없다. 오직 일만 하고 평가는 훗날

역사에 맡겼던 박정희를 존경한다. 한국을 번영시키겠다는 박정희의 강한 의지에 깊은 감명을 받았다."

에즈라 보겔 하버드대 교수

"박정희가 없었다면 오늘의 한국도 없다. 박정희는 헌신적이었고, 개인적으로 착복하지 않았으며, 열심히 일했다. 그는 국가에 일신을 받친 리더였다."

김형아 호주국립대 교수

"박정희 집권 당시 율곡 사업에 관련됐던 공무원들은 놀랄 정도로 청렴했고, 박정희의 청렴을 반박할 만한 근거는 나타나지 않았다."

브루스 커밍 박사

"유신 후 한국은 종합적인 산업구조를 발전시킬 수 있는 기반을 확보했다. 그것은 위대한 성공(a grand success)이자, 한국의 독립 선언이었다. 그는 다른 후진국 지도자들과 달리 부패하지 않았다."

하버드 대학교 비교정치학 과목

논문과 책으로 출판.
〈박정희 시대의 경제성장〉

"고속도로, 조선소도 없는 나라에서 선박, 원자력 기술 등 이미 50년 이상의 미래를 내다보는 혜안." —하버드대학교 비교정치학 과목 중에서

피터 드러커 미국 사회학자

"제2차 세계대전 이후 인류가 이룩한 성과 가운데 가장 놀라운 기적은 바로 박정희의 위대한 지도력을 탄생한 대한민국이다."

정주영 현대그룹 회장

"정치 지도자들 중 내가 진심으로 존경한 사람은 박대통령뿐이다. 그분의 사명감, 추진력, 그리고 치밀함은 비할 사람이 없을 것이다."

허버트 험프리 미국 부통령

"박정희대 통령은 적어도 한국에서 가장 작으며 가장 위대한 인물이다."

카리모프 우즈베키스탄 대통령

"한국의 경제발전 모델을 중요시하고 있다. 특히 박정희 전 대통령의 전기를 많이 읽으며 박정희식 모델을 참고로 하고 있다."

경제발전과 부정부패 차단을 동시에 하기 위해서는 박대통령식 모델이 가장 적합다가고 평가했다.

린든 존슨 미국 대통령

"박정희 같은 지도자는 일찍이 본 적이 없다."

미국의 34대 대통령이자 37대 부통령을 지낸 린든 존슨.

다나카 가쿠에이 일본 총리

"박정희의 죽음은 한국에서 가장 비극적인 일이었다. 이를테면 날개를 달고 승천하려는 호랑이가 날개를 잘린 것 같은……."

미국 뉴욕타임즈

"신화를 만든 한국경제의 건축가"

독일 국정교과서

"남한은 세계경제로 통합되었다. 대통령 박정희 (1917~1979.10.)는 강력한 손으로 남한을 농업 국가에서 산업능력을 가진 국가로 만들었다. 수도 서울은 비약적으로 성장했다."

—독일 국정교과서(중학교 지리 109)

허만 미국 연구소장

허만은 싱가폴 총리에게

"당신은 한국의 박정희를 만나봐야 할 것 같다. 내가 만나보니 대단한 사람이다"라고 말했다. 이를 듣고 싱가폴 총리는 박정희 대통령을 만나 후에

"아시아의 위기에 처한 나라를 구한 지도자 중 한 명으로 박정희를 꼽고 싶다. 그는 오직 일만 하였으며 평가를 바라지 않았다."

오버홀트 미대통령 수석비서관

"박정희는 한국 민주주의에 가장 크게 기여한 사람이다. 박정희는 근대화 성공으로 중산층을 산출했고 이것은 한국 민주주의의 토대가 되었다."

로런스 헨리 서머스

미국 재무장관이자 하버드대 총장.

"박정희의 한국은 불과 한 세대 안에 가난을 극복하고 세계유수의 산업국가 반열에 올랐다. 20세기를 틀어 가장 충격적이고 놀라운 일이었다."

지구촌 세계 지도자와 지식인들이 극찬하고 본받고 싶어 했던 위대한 위인 그 분이 대한민국 사람이라 엄청 자랑스럽다.

필리핀에 무시당한 한국

미국 LA교민이 보내온 가슴 아픈 글

필리핀을 닮아가는 내 조국 대한민국

과거 우리나라 대한민국에서 박정희 대통령 시절, 박정희 대통령이 필리핀을 방문했을 때, 필리핀 대통령이 우리나라 대한민국을 무시하여 영빈관 숙소조차 안 내어 주어 가면서 나의 영원한 조국인 대한민국 박정희 대통령조차 만나 주지 않은 채, 격을 낮춰 필리핀 총리로 하여금 대신 만나게 했던 나라.

우리보다 훨씬 잘살았던 나라. 6.25전쟁 중에 우리에게 육군을 파병해 주고, 6.25전쟁 후에는 경제원조까지 해 주었던 우리가 선망했던 필리핀이라는 나라.

그런 나라가 반미 좌파 정권이 완전히 장악한 이후, 오늘날 과연 어떤 나라로 변신 되어 가고 있는지, 내 조국 우리 대한민국 국민들은 똑똑히 두 눈을 부릅뜨면서 이를 잘 살펴보기 바란다.

1980년대 중반 필리핀의 마르코스가 미국 망명에

서 귀국하는 정적 아키노 상원의원을 마닐라 공항에서 암살한 결과, 이에 분노한 좌파 국민들의 엄청난 시위로 인해, 마침내 마르코스가 권좌에서 쫓겨났다.

그 사건을 피플 파워로 미화하여 한국의 DJ가 1987년 대선에서 이를 이용해 대통령에 당선되었다. 그때 필리핀 시위 군중이 들었던 노랑 리본과 입었던 노랑 셔츠의 색깔을 DJ가 평화민주당 기본 색깔로 썼고, 바로 노무현을 거쳐, 오늘날 세월호 리본으로까지 계속적으로 연계된 계기이다.

마르코스가 축출되고, 아키노의 부인인 코라손 아키노가 대통령이 되면서…. 필리핀도 민주화를 내세워 건방을 떨기 시작했는데, 그 첫 번째가 '양키 고 우 홈'이었다.

(얼마 전 우리나라 광주 시내에 '미군 놈들 물러가라~!'는 대형 플래카드가 걸려 있는 것을 영상매체를 통해 이곳 미국에서 시청해 보면서 과거 필리핀을 보는 것 같아 그만 소름이 끼쳐 경악을 금할 수가 없었음.)

한편 아이러니컬하게도 아키노 대통령 역시 대 사탕수수밭의 지주로서 필리핀의 대부호라는 사실이

다. 한마디로 말해, 오늘날 한국의 '강남 좌파'(강남
에 살고 있는 부유한 좌파 판검사와 국회의원, 정치
인들)인 것이다.

필리핀의 반미정책에 식상한 미국이 1992년 거주
인원만 무려 수백만 명에 이르는 해군기지와 클라크
공군기지를 단번에 철수시키면서 필리핀에서 빠져나
갔다.

미국이 전략상 절대로 빠져나가지 못할 것이라고,
그동안 큰소리를 치면서 속으로 '설마'해 왔던 좌파들
은 정말로 미군이 빠져나가자, '닭 쫓던 개 지붕 쳐
다보는 꼴'이 되어 허탈감과 무력함에 빠져들었으며,
곧바로 이에 대한 효과가 초래되었는데, 미군이 철
수하자마자, 필리핀의 바로 코앞에 있는 스카보로섬
에 대해, 중국이 무력으로 강탈해 갔다.

필리핀이 국제사법재판소에 제소하여 승소했음에
도 불구하고, 중국이 오히려 그 섬에다 아예 군사 활
주로까지 만들어 현재 남중국해 군사 요충지로 사용
중이라는 엄연한 작태로서 역시 '국제 관계는 힘의
논리일 수밖에 없다'는 냉엄한 현실이다.

이를 직시하지 못하는 나라나 민족은 결국에는 쇠

퇴와 멸망의 길로 퇴출되어 나갈 수밖에 없다는 현실 인식이 무엇보다도 매우 중요한 사실이라는 점이다. 게다가 미군 철수와 함께 필리핀에 들어와 있던 외자(外資)들이 썰물처럼 빠져나가면서 필리핀 경제는 하루아침에 완전히 무너져 내리는 등 멋모르고 건방을 떤 대가를 톡톡히 치렀고, 지금도 7백만 명이나 되는 필리핀 여성이 외국에 나가 가정부(옛날 식모) 등으로 돈을 벌고, 몸까지 팔아 가면서 번 돈으로 겨우 나라를 지탱해 나가고 있는 실정인데, 더 웃기는 것은 아직도 정신을 못 차리고 외국에 가정부 등으로 나가는 여성들이 대부분 대졸 출신의 고학력 출신으로 좌파적 사고를 가지고 있다는 사실이다.

사드 가지고 장난치는 걸 보니, 한미동맹 파괴와 주한미군 철수가 목표인 것은 확실한 것 같고, 솔직히 아쉬울 것도 없는 미국도 이제. 대충 이제 맘을 정리하는 것 같다.

미군이 철수하면 경제적 추락은 차치하고, 당장 우리 조국의 안보가 작살날 것은 분명하다. 북한이 쳐내려올 것은 불문가지이나, 그건 그만 제쳐두더라도, 서해는 중국의 바다와 어장으로 변하고, 동해는 일본 바다가 되고, 독도에 일본 해군이 주둔하는 건, 그야말로 시간문제라 할 수 있다.

중국은 지금도 서해를 인구와 땅덩어리 기준으로 3/4이 자기네 것이라고 우기고 있는데, 만약 주한 미군이 철수하면, 해병대가 지키고 있는 백령도를 무력으로 점령하지 말라는 보장도 없다.

주한미군이 없으면, 일본이 독도를 무력으로 빼앗으려 들어도 속수무책일 것이다. 일본과 한판 붙는다면 해상전이 될 텐데, 지금의 우리 해군 전력이면, 우리 해군은 일본에 반절이면, 괴멸된다는 시뮬레이션 결과가 나와 있다.

이런 일이 소설 같고, 영화에나 나올 것 같다고 생각한다면, 당신은 교만한 매국노(賣國奴)로서 It should be coming soon.이다.

나는 이곳 미국 로스앤젤레스에서 평안히 살면서도, 배가 기우는 줄도 모르고 희희낙락하는 선객들로 가득한, 나의 영원한 조국인 내 나라 우리 대한민국에 대해 안타깝고 안쓰러운 마음을 금할 수가 없다. 내가 지금 우리 조국에 가서 간증이라도 하고픈 절박한 심정이다.

우리나라 좋은 나라

朝鮮日報

양 승 태

이렇게 좋은 나라를 만들어 놓았으니 제발 정신 똑바로 차리자! 세계 여러 나라들을 출입해 본 경험으로 지구상에 우리 대한민국만한 나라도 찾기 어렵고 별로 보지도 못했다. 후진국에서 개발도상국을 지나 선진 OECD 가입국이 되었다느니, 원조를 받던 나라에서 원조를 하는 나라가 되었다느니, 建國과 富國의 대통령들, 한강의 기적, 골치 아픈 통계수치 등은 꺼내지 않아도 되겠다. 다만, 아래와 같은 몇 가지 쉽고 상식적인 이야기들을 중심으로 터놓고 대화를 나누어 보고 싶다.

치안이 확보된 나라

세계 어느 나라든지 가보라. 밤거리를 안심하고 관광 내지 산보할 수 있는 나라가 얼마나 있는지? 특히 여자들이 자유롭게 밤에 마음대로 돌아다닐 수 있는 나라가 일본하고 대한민국 외에 또 있는지? 선진국 후진국 할 것 없이, 미국이나 유럽, 남미나 호주, 중국, 동남아, 특히 우리나라 사람들이 천국같이 생각하는 뉴질랜드 등 웬만한 나라들도 해만 지면 집안에서 문 잠그고 가족들과 집 콕하는 나라가 거의 대부분이다.

의료 제일인 나라

병이 나면 우리나라만큼 병원 이용이 수월한 나라가 거의 없다. 그것도 너무나 당당하고 저렴하게 치료받고 필요하면 입원하고 의료보험제도 또한 대한민국이 최고다. 미국, 캐나다, 유럽 같은 최선진국도 병이 났는데 보험이 없으면 상상초월의 병원비 때문에 패가망신하기 딱 좋고 사회보장 치료라도 받으려면 예약하고 순서 기다리다 숨넘어가기 십상이다. 대한민국에서 의료보험료 많이 내는 기업과 고소득자, 부자들에게 감사할 줄 알아야 한다.

도로가 세계적인 나라

대한민국 어디를 가도 잘 포장된 도로가 쭉쭉 뻗어 있다. 미국이나 일본, 유럽의 도로나 교량들은 노후 되어 관리가 엉망인 곳이 수두룩하다. 특히 일본은 철도가 거미줄같이 잘 발달되어 활용되고 있으나 각종 교통비는 거의 살인적이다. 도로는 우리나라가 더 눈부시게 잘 발달되어 있으며 국민들에게 저렴한 서비스를 제공하고 있다. 유럽이나 여타 대부분의 나라들은 우리나라의 도로 인프라와 견줄 바가 못 된다.

편의시설 자랑스러운 나라

고속도로 휴게소, 공원이나 공중시설들의 화장실을 가보라. 이만한 나라는 세계에서 손꼽을 정도다. 냉난방과 휴지는 물론이거니와 깨끗하기가 이를 데 없고 완전 무료다. 유럽 쪽의 웬만한 공중화장실에는 돈을 내야 들어갈 수 있는 곳이 아직도 많이 있다. 변기에 고급화장지가 계속 상비되어 있고 아무도 가져가지 않는 것을 보고 놀라 기겁하는 족속들 이야기도 지어낸 것이 아니다. 대신 우리가 노력하고 듬뿍 벌어서 세금을 많이 내야 하는 것을 잊지 말아야 한다.

공무원이 괜찮은 나라

공직자들의 근무 자세와 청렴도가 이만한 나라도

드물다. 선진국들의 공직자들 일처리 자세는 한국인들 시각에서 본다면 속에 열불이 날 지경이다.

과거 어느 때는 우리나라도 분명 그러한 시절이 있었다. 그러나 요즈음 동사무소나 구청, 경찰서에 출입해 보라. 대민창구는 엄청 친절하고 시민 위주의 편의를 제공하고 있다.

아마 단체장을 투표로 선출하기 시작한 때부터 개선되기 시작한 것이 아닌가 싶다. 요새 누가 교통경찰에게 돈을 뜯긴 사례가 있는가? 그것은 옛적 전설 같은 이야기가 되었다.

애국심이 투철한 나라

요즘 젊은이들, 특히 이번 지방 보궐선거를 통한 이십대의 변화와 반전을 보라. 망국적 전교조 교육 속에서도 그들은 눈물겹도록 건전했다. 대한민국을 사랑하고 국가 보위의 결기는 누구보다 강렬하다. 종북 좌빨 잡놈들은 그들이 때려 부순다는 SNS 댓글을 많이 접한다. 해병대 입대 지원은 늘 모집 숫자를 과대 초과하여 해병대 입대 경쟁이 상당히 치열하다. 한없이 고무할만한 일이다.

휴식문화가 풍성한 나라

웬만한 카페는 사람들로 풍성하고 짙은 커피 향은 실내에 가득하다. 좌석마다 삼삼오오 떼를 지어 앉아 환담을 나누고 있다. 외신을 비롯한 바깥세상에서는 한국이 난리가 날 것처럼 신경이 날카롭지만 정작 당사자들은 천하태평이다. 민족의 저력에 믿는 구석이 있다는 것일까? 밤 문화의 풍성함은 또 어떤가. 불야성을 이루고 있는 안전한 거리에 맘만 먹으면 언제나 동참할 수 있다.

먹거리가 즐거운 나라

거리마다 골목마다 맛집이 즐비해서 낮이나 밤이나 시간 구애받지 않고 이모들의 서빙을 받으며 대부분은 무제한 추가로 식도락을 즐길 수 있고 전화 한 통화면 배달의 민족답게 문 앞까지 바로 따끈한 음식을 대령해 줌으로 집에 앉아 구미에 맞는 음식을 맛나게 먹을 수 있으니 이런 나라가 지구상에 또 있던가?

단 하나, 돈이 있어야만 가능한 일이지만 대부분의 나라는 돈이 있어도 불가능하다.

여성 상위의 나라

언제부터인지는 모르겠으나 돌아보면 여성상위의 나라가 되어 있다. 모든 방면에서 여성들의 진출이 눈부시다. 몇몇 주요 분야에서는 더욱 그렇다. 나는 요즈음은 여자들이 두려울 지경이다. 말 한마디 잘못 하다가는 큰코다친다. 특히 젊은 여성들이 법률 용어를 차~악착 구사해 가면서 눈을 부릅뜨고 대들면 빨리 도망가고 싶어진다.

내 인생에 미처 경험해 보지 못했던 세태가 이미 다가와 있다. 똑똑한 여자들이 세상을 휘저을 것 같다. 세상을 다스리는 남자들을 지배하는 여자들이 좀 더 현명해졌으면 좋겠다.

제발 정치만 바로 서주라!

국민은 1급, 기업은 2급, 경제는 3급, 정치는 4급이라는데. 더러운 4급 정치모리배들을 청산하지 않고는 나라가 결코 제대로 바로 설 수가 없다. 그러나 이런 4급 정치모리배들을 선거로 뽑는 것은 결국 국민들이다. 그래서 국민은 다시 5급쯤 되나? 돌고 돌아 꼬리를 무는 이런 의문에 또 다시 절망하게 된다. 그리고 눈에 핏발이 시뻘건 잡놈들과 기업이야 죽든 말든 자기 배만 불리는 강성 노조.

대한민국이여!

여러 악조건 속에서도 정치를 제외하고 열거한 아홉을 달성하여 이렇게 좋은 나라를 만들어놓고도 우리는 무책임한 선동군, 못된 잡놈들에게 세뇌당하고 휘둘려 남 탓만 하면서 우리 자신을 극심하게 자학하고 있다. 가난은 나라님도 구제하지 못한다는 옛말이 있듯이 각각의 개인이 잘살고 못사는 건 각자의 노력 여하에 달려 있은즉 남의 것을 빼앗아 나누어 가지자는 썩어빠진 생각과 선동에 휘둘리지 말고, 좌빨, 공산주의, 간첩은 척결하자!

내가 낸 세금을 자기 돈인 양 공짜 선심 쓰겠다는 인간들은 철저히 배격하고, 마약 같은 공짜 돈은 바라지도 말고, 제발 남 탓만 하지 말며, 정신을 가다듬어 이 나라를 올바르게 가꾸고 더욱 좋은 나라로 풍요롭고 융성하게 발전시켜 나아가기를 우리의 젊은 후손들에게 진정 바라마지 않는다.

— 양승태님께 감사드립니다.

애틋한 사랑 이야기. 1

아직도 나 사랑해?

장래가 촉망되는 한 청년이 육군 소위로 임관되어 전방에 근무 중이었다. 그러던 어느 날 부하 사병의 실수로 수류탄 사고를 당해 한쪽 팔을 잃게 되었다. 병원에 입원 중 대학에 다닐 때 사귀던 여자 친구가 병원으로 병문안을 온 데서 그는 확인해야 할 것이 있었다.

몇 번이나 망설이고 기회를 엿보다가 여자 친구에게 "팔이 없는 나를 지금도 좋아하느냐?"고 떨리는 가슴을 억제하면서 물었다. 반신반의 하면서 묻는 질문에 여자 친구는,

"나는 너의 팔을 좋아한 것이 아니고 너를 좋아했기 때문에 팔이 있고 없고는 상관하지 않는다."

이 대답을 얻었을 때 정말로 천지를 다시 얻은 것 같은 기분이었다. 여자 친구는 그때부터 병원 근방에 방을 얻어놓고 병원엘 드나들면서 간호에 간호를 거듭하였다. 그러나 여자 친구의 아버지는 그것이 아니었다. 평생을 한 팔이 없는 사람의 팔이 되어야

하는 딸이 마음에 걸렸던 것이다. 그의 딸에게 그 남자를 포기하고 새 길을 찾을 것을 권유하였다. 그랬더니 그의 딸은 아버지에게 이런 질문을 하였다.

"그래서는 안 되지만 만약에 아버지가 한 팔을 잃으신다면 엄마가 아버지를 떠나는 것이 옳다고 생각을 하세요?"

그 말에 아버지도 딸의 뜻을 거역할 수 없어서 그 남자와 사귀는 것을 허락을 하게 되었다. 그 뒤 그는 제대하여 한 팔이 없는 것만큼 더 큰 노력을 하여 린스와 샴푸를 합친 효과를 내는 하나로를 개발했고 20세부터 80세까지 사용할 수 있는 2080 치약을 개발하고, 영상통화를 가능하게 한 앱을 개발하는 등의 업적을 세워 통신사의 부사장이 되었다. 그가 바로 조서환 前 ktf부사장, 前 애경산업 이사, 현재 세라젬헬스앤뷰티 대표 조서환 씨의 이야기이다. 그의 수기에서 발췌한 부분이다. 아내를 처음 만난 건 초등학교 1학년 때다. 어찌나 공부를 잘하던지 초등학교 때 그 사람 성적을 앞선 적이 없다. 어린 마음에 '저 애와 결혼하면 좋겠다'란 생각을 했다. 이 생각은 고등학교에 입학해서도 변하지 않았다. 고교 졸업

직후 육군3사관학교에 입교했을 때는 연애할 시간이 전혀 없었다.

그럼에도 고1 때부터 펜팔 친구로 지낸 우리는 편지를 엄청나게 주고받으면서 지고지순한 사랑을 키웠다. 그러던 어느 날, 육군 소위로 임관한 지 얼마 안 돼 오른손을 잃고 병원 신세를 지게 됐다. 입원해 있는데 그 사람이 너무나 그리웠다. 그렇지만 머리와 팔에 붕대를 칭칭 감은 모습을 보이려니 덜컥 겁이 났다.

한 손이 없는 상태로 그녀를 어떻게 만날지 걱정이 태산이었다. 머릿속에 세 가지 시나리오가 그려졌다.

첫째, 나를 본 순간 놀라 도망칠 것이다.

둘째, 이게 웬 날벼락이냐며 엉엉 울 것이다.

셋째, 기가 막혀 멍하니 서 있을 것이다.

하지만 어떤 반응을 보이든 내 가슴이 미어질 것만은 확실했다. 그녀가 병실로 찾아왔다. 날 본 뒤 아무 말 못하고 우두커니 서 있는데 가슴이 미어졌다. 세 번째 시나리오가 맞았다.

병실 안 분위기가 갑자기 어색해졌다. 병실에 있

던 사람들도 모두 이야기하라며 자리를 피했다. 자존심보다 더한 것은 두려움이었다. 만일 나를 사랑하지 않는다고 하면 어쩌나. 나는 아무 말 못하고 그저 입을 굳게 다문 채 그녀를 쳐다보고만 있었다. 그 사람은 여전히 우두커니 바라보기만 했다. 날 사랑하느냐고 묻고 싶다가도, 다른 사람에게 보내줘야 하는데 누가 나만큼 사랑해줄까란 생각이 들기도 했다. 말없이 바라만 보기를 30분. 용기를 내어 겨우 입을 열었다.

"아직도 나 사랑해?"

그 사람은 말없이 고개를 두 번 끄덕였다. 지금도 그 모습을 잊지 못한다. 아니 앞으로도 영원히 잊지 못할 것이다. 고개를 끄덕이는 모습이 얼마나 예쁜지 천사 같았다. 세상을 다 얻어도 이보다 기쁠까. '불행의 깊이만큼 행복을 느낀다'고 하지만 정말 그때 느꼈던 행복은 말로 다 표현할 수 없을 정도였다. 하지만 나는 "얼굴 봤으면 이걸로 끝내자"는 마음에 없는 말을 했다. 그러자 아내가 울먹이는 목소리로 말했다.

"지금까진 당신에게 내가 필요 없었는지 몰라요.

그런데 지금부턴 당신 곁에 내가 있어야 해요."

이 말을 듣자마자 어떻게든 그녀를 행복하게 해주겠다는 생각이 가슴 깊은 곳에서 큰 파도처럼 밀어닥쳤다. 그때부터 내 안에 잠들어 있던 '불굴의 거인'이 깨어났다. 모태신앙인 아내는 날 위해 매일 새벽 기도를 했고 나는 링거를 꽂은 왼손으로 글씨 연습을 했다. 항상 아내는 내가 뭐든지 할 수 있다며 격려와 지지를 보냈다.

이후 내 인생의 목표가 된 아내는 지금까지 매일 소중한 조언을 해주고 있다. 사업상 힘들 때도 꼭 아내와 상의한다. '백발백중' 명답을 말해 하나님 음성처럼 듣고 산다.

=================================

가슴 뭉클한 거짓말 같은 실화 / 시대가 변하고 가치관이 혼란스러운 세태에 비록 우리들이 살아가는 인간 본연의 선 의지와 때 묻지 않은 내면의 순수의 불씨만은 꺼지지 않으리라 확신해 본다.
- 출처 : 산야와 울타리(편집/ 무궁화님)

* 무궁화님 산야와 울타리가 참 좋아요. 울타리끼리 친하고 싶어서 여기다 올렸습니다.

감동적인 글 2

3분 광고

태국의 이동통신 회사인 'True Move H'의 3분짜리 TV광고 동영상이 전세계 네티즌을 울리며 몇 년 전 SNS에서 화제다.

내용은, 세 장면으로 요약된다.

시장 골목에서 약국 주인아주머니는 예닐곱 살로 보이는 까까머리 소년의 머리를 쥐어박으며 호되게 야단을 치고 있다.

"이리 나와! 이 도둑놈아! 도대체 뭘 훔친 거야?"

약국 주인은 소년의 머리를 쥐어박고, 고개를 푹 숙인 소년은 그렁그렁 눈물어린 목소리로

"어머니에게 약을 가져다 드리려고요……."

라고 대답한다. 바로 그 순간 근처에서 허름한 식당을 운영하는 주인아저씨가 끼어든다.

"잠깐만요! 애야, 어머니가 많이 아프시니?"

소년은 말없이 고개만 끄덕였다. 소년의 사정을 눈치 챈 식당 주인은 아무 말 없이 약국 주인에게 약

값을 대신 치렀다. 그리고 소년과 비슷한 또래인 딸에게 식당에서 야채수프를 가져 오라고 시킨다.

잠시 아저씨와 눈을 맞춘 소년은 부끄러움에 '고맙다'는 인사도 못하고 약과 수프가 담긴 비닐봉투를 받아들고 집을 향해 골목길을 도망치듯 뛰어갔다.

어느덧 30년이란 세월이 지나갔다. 그러던 어느날 식당 주인이 갑자기 의식을 잃고 쓰러진다. 응급수술을 마치고 중환자실로 옮겨진 식당 주인아저씨와 그 곁을 지키는 딸의 애타는 모습이 보인다.

병원은 딸에게 아버지의 병원비를 청구한다. 우리나라 돈으로 환산할 때 무려 2,700만 원에 이르는 어마어마한 금액이다.

병원비 마련에 전전긍긍하던 딸은 결국 가게를 급매물로 내놓는다. 다시 힘없이 병원으로 돌아온 딸은 아버지 침상 곁을 지키다 잠이 든다.

그때 기적 같은 일이 일어났다. 병상 위에 놓여있는 병원비 청구서에는 금액이 '0'으로 바뀌어 있었다. 청구서 뒤에는 조그만 메모지 한 장이 붙어 있었다.

'당신 아버지의 병원비는 이미 30년 전에 지불됐

습니다. 세 통의 진통제와 맛있는 수프와 함께…….
(안녕히 계세요) 안부를 전합니다.”

그 순간 딸의 뇌리를 스치는 장면 하나, 30년 전 약을 훔치다 붙잡혀 어려움에 처했던 한 소년의 모습이 떠올랐다. 그때 그 소년이 어엿한 의사로 성장해 바로 아버지의 주치의를 맡고 있었던 것.

그 의사는 정성스레 30년 전 자신을 돌봐주었던 식당 주인 할아버지를 지극정성으로 보살폈다.

“베푸는 것이 최고의 소통입니다.(Giving is the Best Communication)”라는 자막과 함께 이 이야기는 끝을 맺는다.

비록 광고물이지만 이 동영상은 요즘같이 각박한 세상에서 평범한 사람들의 심금을 울리기에 충분한 것 같다. 무엇보다 이 영상에서는 뭘 말하고 전달하려 했는지가 분명한 것 같다. 그래서인지 3분가량의 길지 않은 내용은 가슴 따뜻한 느낌이 그대로 전달되는 등 감동 그 자체다.

외국인이 모르는

한국인의 평범한 일상

한국인의 양심과 정직성

얼마 전 한국인의 양심을 실험한 재미있는 상황을 TV에서 방영하였다. 해외 언론에서 한국인의 양심을 실험해 보는 프로그램이었다.

100개의 종이가방에 아름다운 꽃과 함께 선물포장을 한 후, 100대의 열차에 각각 선물꾸러미를 지하철 각 노선에 골고루 분산 배치하여 좌석 한 쪽에 놓아두었다. 물론 각 100개의 선물꾸러미에 GPS를 넣어 두고 나서 어디로 사라지고 또 몇 개나 돌아오는지 알아보려고 하는 흥미로운 실험이었다.

이윽고 실험은 시작되었고 한참 후 실망스러운 상황들이 벌어지고 있었다. 종이가방의 GPS가 다른 곳으로 향하고 있는 모습들이 보였다.

아뿔싸 열차 안에 그대로 남아있는 선물꾸러미는 100개 중 고작 6개만 돌아오고 말았다. 실험을 한 외국 언론은 그럼 그렇지 하고, 나머지 94개를 GPS로 찾던 중 찾아가 보니 유실물센터에 81개가 모여 있었다. 놀라운 반전이 아닐 수 없었다. 남의 물건을 탐내지 않고 주인을 찾아주라고 유실물센터에 자진해서 맡겼던 것이다. 해외에서는 상상도 할 수 없는 일들이 한국에서는 아무렇지 않게 일상적으로 일어나고 있었다.

외국에서 보여준 한국인

세계를 좌지우지하는 미국의 국민성은 어떨까?

어떠한 문제나 사회적인 이슈가 나기만 하면, 폭동이 일어나고 대형마트를 습격하여 그곳에 진열되어 있는 물건들을 송두리째 빼앗아가는 일들이 우리는 TV와 뉴스를 통하여 심심치 않게 보아왔다. 그러나 그곳에도 놀라운 반전이 있었다.

대형마트가 폭도들에 의해 털리고 아무런 직원이나 경비가 없는 상태에서 어느 한 사람이 필요한 물건을 들고 나오며 카운터에 그 값에 합당하는 지폐를 놓고 가는 이상한 일이 발생하였다.

그 모습이 고스란히 CCTV로 녹화되었고 그 양심적인 사람이 과연 누구일까 하고 찾아본 결과 놀랍게도 한국인이었다.

그 미담은 곧 모든 방송에 보도되었고 양심 있는 미국인들은 반성하고 부끄러워하며 한국인들을 반기

며 좋게 평가하였다. 우리 국민의 이러한 양심과 정
직성이 오늘날 세계 1등 국가를 만들었지 않았을까?

도서관이나 커피숍에서도 아무렇지 않게 노트북과
스마트 폰을 책상 위에 놓고 자리를 비워도 어느 누
구하나 남의 것을 가져가는 그런 사람이 없음이 일
상화되어 있다.

해외에서는 걸어가고 있는 와중에도 낚아채어 빼
앗아 달아나는 일들이 비일비재한데, 이렇게 양심
바른 한국인들의 국민성과 협동심에 외국인들은 감
동하고 있다.

한국인의 끈끈한 협동심

경남 밀양의 어느 사거리에서 트럭에 싣고 가던
소주병이 도로에 쏟아져 순식간에 아수라장이 되어
일대가 마비되었지만, 순간 누구랄 것도 없이 지나
가는 학생들과 행인 그리고 인근의 상인들이 쏟아져
나와 그 많은 깨진 소주병들을 단 5분 만에 치우고
도로를 정상화시켰다는 놀라운 일화가 해외 언론에
소개되기도 했다.

택배기사가 아파트 앞에 물건을 그냥 놓고 가도
어느 누가 가져가는 사람이 없는 대한민국이 아닌
가? 어느 날 한 외국인이 음식점에서 식사중 시끄럽

게 대화하던 옆자리의 다른 일행들이 모두 없어진 것을 보고 계산도 없이 모두 도망갔나 하고 혼자 생각했다. 그런데 웬걸, 갑자기 그 일행들이 아무렇지 않게 들어와 또 음식을 먹으며 소주잔을 기울이고 있었다. 그들은 중간에 흡연을 하고 왔던 것이다. 음식점 주인은 밖에 나가든 말든 신경도 쓰지 않는 눈치였다. 해외에서는 이런 일을 상상할 수도 없다. 양심가게 및 무인점포 등 한국인들의 양심을 믿고 새로운 아이디어 사업들이 속속 개발되어 나오는 이유이다. 해외에서는 상상할 수도 생각할 수도 없는 일들이 우리 대한민국에서 일어나고 있다. 이 어찌 자랑스럽지 않은가?

그런데 참으로 이상한 것은 왜 대한민국 국민들은 이렇게 정직하고 양심적인데, 정치인이나 권력자들은 왜 국민을 속이고 국민들 위에 군림하고 거짓말을 밥 먹듯이 하는지 그 이유를 도무지 알 수가 없단다.

정지용의 향수 詩碑
지용(1902.5.15.(음) ~1950.?)

향수

넓은 벌 동쪽 끝으로 옛이야기 지즐대는

실개천이 휘돌아 나고

얼룩백이 황소가

해설피 금빛 게으른 울음을 우는 곳

그곳이 차마 꿈엔들 잊힐 리야

질화로에 재가 식어지면

비인 밭에 밤바람소리 말을 달리고

엷은 졸음에 겨운 늙으신 아버지가

짚 베개를 돋아 고이시는 곳

그곳이 차마 꿈엔들 잊힐 리야
흙에서 자란 내 마음
파란 하늘빛이 그리워
함부로 쏜 화살을 찾으러
풀 섶 이슬에 함추름 휘적시던 곳
그곳이 차마 꿈엔들 잊힐 리야

전설바다에 춤추는 밤물결 같은
검은 귀밑머리 날리는 어린 누이와
아무렇지도 않고
예쁠 것도 없는 사철 발 벗은 아내가
따가운 햇살을 등에 지고 이삭 줍던 곳
그곳이 차마 꿈엔들 잊힐 리야

하늘에는 성근 별 알 수도 없는
모래성으로 발을 옮기고
서리까마귀 우지짖고 지나가는
초라한 지붕 흐릿한 불빛에
돌아앉아 도란도란 기리는 곳
그곳이 차마 꿈엔들 꿈엔들 잊힐 리야

지용 시인은 옥천에서 낳아 고향에서 초등 과정을

마치고 서울로 올라와 휘문고등보통학교(徽文高等普通學校)에서 중등 과정을 이수했다.

일본으로 건너가 교토(京都)에 있는 도시샤대학(同志社大學)에서 영문학을 전공. 귀국 후 모교인 휘문고등보통학교 교사로 근무하다가 8·15광복과 함께 이화여자대학교 문학부 교수로 옮겨 문학강의와 라틴어를 강의하는 한편, 천주교 재단에서 창간한 '경향신문' 주간을 역임했다.

이화여대 교수직과 경향신문사 주간직은 물론, 기타의 공직에서 물러나 녹번리(현재 은평구 녹번동)의 초당에서 은거하다가 6·25때 납북된 뒤 행적이 묘연한 것으로 알려져 왔다. 북한에서는 동두천에서 폭격으로 사망했다는 설도 있다.

1988년도 납·월북작가의 작품에 대한 해금 조치로 작품집의 출판과 문학사적 논의가 가능하게 되었다. 시단 활동은 김영랑(金永郎)과 박용철(朴龍喆)을 만나 시문학동인에 참여한 것이 계기가 되어 본격화된다. 물론 그 이전에도 휘문고등보통학교 학생 시절에 요람동인(搖籃同人)으로 활동한 것을 비롯하여, 일본의 유학 시절 「학조」·「조선지광」·「문예시대」 등과 교토의 도시샤대학 내 동인지 『가(街)』와 일본시지 「근대풍경(近代風景)」(北原白秋 주간)에서 많은 작품 활동을 하였다고 한다.

이런 작품 활동이 박용철과 김영랑의 관심을 끌게 되어 그들과 함께 시문학동인을 결성하게 되었다. 첫 시집이 간행되자 문단의 반향은 대단했고, 그의 활발한 시작 활동을 기반으로 상허(尙虛) 이태준(李泰俊)과 함께 「문장(文章)」지의 시부문(詩部門)에서 많은 신인을 배출하기도 하였다고 한다.

「문장」지를 통해서 추천한 박두진(朴斗鎭)·조지훈(趙芝薰)·박목월(朴木月) 등 청록파(青鹿派)와 이한직(李漢稷)·박남수(朴南秀) 등의 활동에서 그의 후광이 비치고 있음을 엿볼 수 있다. 유작으로 「정지용시집(鄭芝溶詩集)」(시문학사, 1935)·「백록담(白鹿潭)」(문장사, 1941)등 두 권의 시집과 「문학독본(文學讀本)」(박문서관, 1948)·「산문(散文)」(동지사, 1949) 등 두 권의 산문집이 있다.

이진호

兒童文學家 文學博士/충청일보 신춘문예 데뷔('65), 제11회 한국아동문학작가상('89), 제5회 세계계관시인 대상, 제3회 한국교육자대상, 제2회 표암문학 대상, 제1회 국제문학시인 대상, 시집:「꽃 잔치」외 5권, 동화집:「선생님 그럼 싸요?」외 5권, 작사작곡 411곡 집 '좋아졌네 좋아졌어' 외

껍데기는 가라

신 동 엽

감상평 **박종구**

껍데기는 가라.
사월(四月)도 알맹이만 남고
껍데기는 가라.
껍데기는 가라.
동학년(東學年) 곰나루의, 그 아우성만 살고
껍데기는 가라.

그리하여, 다시 껍데기는 가라.
이곳에선, 두 가슴과 그곳까지 내논 아사달 아사녀
가 중립(中立)의 초례청 앞에 서서 부끄럼 빛내며
맞절할지니
껍데기는 가라.
한라에서 백두까지 향그러운 흙가슴만 남고 그 모든
쇠붙이는 가라.

알맹이 없는 껍데기는 그 소임이 끝난 것이다. 무
대의 조명도 꺼졌다. 퇴장해야 한다. 폐회가 선언되

었다. 돌아가야 한다. 모든 깃 접고 촘촘히 떠나야
한다.

껍데기가 날뛰는 것을 보았는가. 소란스럽다. 무
질서다. 불장난이다. 뻥튀기이다. 제 잘난 멋에 도취
된 가관이다. 남의 장단에 우쭐댄다. 혐오스럽다. 피
곤하다. 연민의 정을 느낀다.

껍데기는 무엇인가. 과장이다. 허구이다. 가설이
다. 시장의 광대다. 정의의 장애물이다. 민주화의 훼
방꾼이다. 본질의 왜곡이다. 본의의 악용이다. 이기
주의다. 반인륜이요 비윤리다. 불화요 폭력이다. 회
칠한 무덤이다. 생명 없는 음침한 골짜기다. 교회는
살아 있는 생명체다. 그러나 교회도 껍데기 조짐이
나타 날 수 있다. 부분적이고 자의적인 성경해석, 강
단언어의 포퓰리즘, 물량적이고 무속적인 기복신앙,
세속적 선교패턴, 수퍼처치 · 메가 처치 신드롬, 타
락한 선거문화, 불투명한 재정운영, 일과성 이벤트,
열매 없는 회개와 성령운동, 개교회 이기주의, 실종
된 신앙윤리, 대 소교회의 부익부 빈익빈 현상, 서구
신학의 유통업 종사자 등이 날뛰는 껍데기일 수 있
다.

보리떡 5개와 생선 2마리로 2만여 명(남자만 5천 명)이었으니까)의 군중을 다 배불리 먹이고도 남았다. 군중은 예수를 왕으로 세우고자 행동을 취했다. 그러나 예수는 급히 피했다. 그리고 책망했다

썩을 양식을 위하여 일하지 말고 영생하도록 있는 양식을 위하여 하라(요6:27).

껍데기는 썩는다. 알맹이는 그 속에 새 생명이 있다. 시인 신동엽(申東曄)은 참여 시인이다. 현실과 민중 속에 예민한 촉각을 세우고 투철한 민족의식을 고취시킨 시인이다. 그래서 그의 시는 한 세대에 제한되지 않는다.

오늘도 시인은 우리 사회를 향하여 껍데기는 가라고 명령한다. 그 명령은 차라리 고백이요 호소이며 정갈한 기도이다.

박종구

경향신문 동화 「현대시학」 시 등단.
시집 「그는」, 「처음 사랑」외, 칼럼 「우리는 무엇을 보는가」 「박종구 시문학사상」외 한국기독교문화예술대상, 한국 목양문학대상, 월간목회 발행인

고백

김 소 엽

홀로 있을 때만
당신 품에서
울게 하시고

더불어 있을 땐
그들과 함께
웃게 하소서

해가 뜨고
달이 지고
그냥 그렇게 세월 흘러

내 일생
풍랑 많았어도
바다처럼 평온하다
이르게 하소서

풀잎의 노래

김소엽

풀꽃은
아프다

풀꽃은
비에 젖지 않는다

풀꽃은
머지않아 시든다

풀꽃이
그래도 슬프지 않은 것은
그대의 사랑의 눈짓이
아주 잠시나마
내 혼 안에 들어와 있기 때문이다

김소엽

이대문리대영문과 및 연세대 대학원 졸업, 명예문학박사
현) 호서대교수 은퇴후 대전대석좌교수 재임 중
시집 「그대는 별로 뜨고」, 「지금 우리는 사랑에 서툴지만」,
「마음속에 뜬 별」, 「풀잎의 노래」등 영시집 포함 15권
윤동주문학상 본상, 46회 한국문학상, 국제PEN문학상,
제 7회 이화문학상, 대한민국신사임당 상등 수상

담쟁이 생존방식

맹숙영

스스로 깨달아

구도의 길에 이르듯이

언제 태어날 때부터

삶의 방식을 터득하였을까

석면의 냉기를 먹고도

존재에 빛을 발하며

동행자와 아울러

폐쇄회로를 빠져나와

천지를 품는 너는

맹숙영

「창조문학」 등단, 성균관대학교 졸업, 한세대 대학원 졸업 문학석사, 한국크리스천문학 부회장, 좋은시공연문학 부회장, 여의도순복음교회 권사, 시집:아직 끝나지 않은 축제」 「아름다운 비밀」등 7권

An Ivy's Survival for Existence

Tras. by Won Eung-Soon

How did you grasp the way for existence.
From your birth.
As if we seek after truth.
Ourselves realizing?
Drinking an asbestus's coldness.
And emanating being's light
With a companion,
Slipping out of the closing a circuit.
You, holding heaven and earth in your
    bosom.

원응순

* 월간 「새시대문학」 등단, 시집 영어번역 15권 『20세기
영미시』 외, 역서 다수, 세계시문학 회장 역임, 경희대
명예교수, 교수신문 편집운영위원, 동숭

풀꽃 책갈피

최 연 숙

어느 봄눈에 밟혔었는가

지난한 세월 꽃물 든 갈피에서

마른 향기로 제 몸 드러내

생의 한 정점을 상기시키네

언어의 행간 건너

밝고 눈부신 빛을 깨치며

푸른 기억 순례하다가

납작 엎드린

수줍음 하나 툭 떨어진다.

최연숙

「한국크리스천문학가협회」 수필, 「문학마을」, 「미네르바」 시 등단. 시집 『기억의 울타리엔 경계가 없다』, 『유디의 하늘에도 달이 뜬다』, 『모든 그림자에는 상처가 살고 있다』, 산문집 『작은풀꽃의 시중주』, 제31회 율목문학상 수상 · 경기문화재단 문예진흥기금 수혜. 현) '생명과문학'편집위원

요즘 며느리

이 건 숙

외동아들이 결혼하여 며느리와 처음 맞는 설이다. 직장을 다니는 며느리는 섣달 그믐밤 자정이 되어서야 아들과 함께 왔다. 살림을 나가 살고 있어서 며느리도 손님처럼 어려웠다. 아무리 세상이 변했어도 며느리는 며느리고 시어머니는 시어머니가 아닌가. 딸이 없는 미순은 며느리와 함께 음식을 오순도순 차릴 걸 기대했던 터라 내심 무척 섭섭했다. 일부러 메어 전을 떠왔고 녹두를 기피내고 소고기도 갈아놓고 숙주나물도 삶아서 꼭 짜놓고 기다렸었다. 도라지, 시금치, 고사리 삼색 나물 준비도 다 해놓았다. 만두 속도 준비하고 빗지를 아니했다. 며느리가 오면 함께 만들 참이었다. 현관문을 들어서자마자 아들내외는 머리만 끄덕이며 인사를 하고 피곤하다고 서둘러 침실로 직행했다.

아침에 9시가 넘어도 아들 부부는 조용하다.

"설날 아침인데 애들을 깨워야겠어요."

미순이 통통거리면서 아들내외가 자고 있는 방문

을 빼꼼 열어보니 둘이 꼭 껴안고 단잠에 빠져있다. 남편이 조용히 하라고 손짓발짓 해가며 미순을 잡아 끌었다. 어쩔 수 없이 둘이 떡국과 녹두부침, 삼색 나물과 생선전을 놓고 껄끄러운 입맛을 다시며 아침을 먹었다. 시계를 보니 11시. 아직도 아들부부는 조용하다. 연신 시계를 올려다보는 아내가 안쓰러웠는지 남편은 드라이브나 하자고 어이 외출복 입으라고 성화였다.

한강을 따라 뚫린 길을 달려 양평까지 왔다. 통일로도 달려보고 시계를 보니 한 시가 넘어간다. 마침 꼬막집이 문을 열어 점심을 먹자며 남편은 차를 세운다. 설날이건만 음식점은 만원이다. 모두 손자들과 자식들이 함께 나들이를 나와서 북적거렸다. 간신히 자리를 잡아 앉으면서 미순은 핸드백에서 스마트 폰을 꺼냈다.

"걸지 말라니까."

남편이 미순의 손에서 전화기를 빼앗으려고 손을 휘젓는 걸 피하면서 아들의 핸드폰 번호를 눌렀다. 신호가 꽤 여러 번 가서야 전화를 받는다. 아들이 아니라 며느리였다.

"아하! 어머니세요. 지금 막 밥 먹었어요."

점심을 먹었다는 것인가. 아니면 아침을 먹었다는

말인가. 울화가 울컥 치밀었으나 미순은 시어머니 체면을 세우면서 조용히 말했다.

"남열이 바꿔라."

"그 사람 지금 전화 못 받아요."

"그저 자냐? 너 혼자 밥을 먹었단 말이냐."

"아니요. 둘이 함께 먹었어요."

"그럼 남열이 바꿔라."

그러자 며느리는 유쾌하게 깔깔 웃는다. 무엇이 재미있는지 배꼽이라도 잡고 웃는 형태다.

"그 사람 지금 팬츠만 입고 설거지 하고 있어요."

"뭐라고? 내 아들이 설거지를 한다고?"

미순의 눈앞이 팽그르르 돌았다. 장가가기 전에는 단 한 번도 설거지통에 손을 담가본 적이 없는 귀한 아들이다. 내가 저를 어떻게 키웠는데…… 깨어지기 쉬운 유리그릇처럼 아끼고 사랑하고 떠받들며 키웠는데……. 설거지를 한다고! 토악질이 나고 몸까지 휘둘린다.

미순은 전화기에 대고 고함을 쳤다.

"오늘이 무슨 날인 줄 아니?"

"정월 초하루지요."

"시집온 네가 이런 날 세배를 해야 되는 것 몰랐니?"

"지금도 그런 걸 지키는 집이 있나요. 그건 모두 옛날 옛적 호랑이 담배 먹던 시절 이야기에요. 지금은 그런 거 하는 집안 없어요."

미순은 분을 참지 못하고 전화기를 내동이 쳐버렸다. 발로 땅바닥에 뒹구는 전화기를 짓이기면서 악을 썼다.

"어디서 못 배워먹은 집안에서 며느리가 들어왔어. 쌍놈의 집안 핏줄이야. 아마도 백정집안 딸이 맞을 거야."

치미는 화를 참지 못하고 발발 떨다가 울다가 악을 쓰는 아내를 안쓰럽게 쳐다보던 남편이 아내를 뒤에서 안았다.

"세상이 변했어. 정신을 차릴 수 없을 정도로 요동치고 있어. 요즘 수술도 로버트가 하는 세상이야. 인공지능과 사람이 바둑을 놓고 대결하는 것 당신도 봤지? 앞으로 소설도 인공지능이 다 써낼 거라고 하는군. 인간은 장승처럼 서있는 바보멍청이가 될 거야. 이러니 우리가 어쩔 거냐고!"

변하는 세상을 늘어놓으면서 세상풍조를 탓하며 아내를 달래려는 남편을 향해 미순은 화를 가라앉히느라고 씩씩거렸다.

"세상은 변해도 사람들은 정신을 차려야지요. 인

간은 동물이 아니잖아요."

미순 부부 앞 유유히 흘러가는 한강에서 이 추운
날 제트스키를 타는 사람이 있어 얼음물을 가르고
번개처럼 미끄러져간다. 옆을 보니 젊은 남녀가 서
로 껴안고 뽀뽀를 하느라고 정신이 없다. 이 추운 날
여자의 허벅지가 아슬아슬하게 드러날 정도로 짧은
치마를 입고 있다. 참으로 변하긴 변한 세상이다.

이건숙

　한국일보 신춘문예 당선, 서울대학교 독어과 졸업, 미국
빌라노바 대학원 도서관학 석사, 단편집:『팔월병』외 7권,
장편 『사람의 딸』외 9권, 들소리문학상, 창조문예 문학
상, 현):크리스천문학나무(계간 문예지) 주간

AI 세상

바야흐로 AI(인공 지능) 시대

신 외 숙

현재 AI는 전 분야에 걸쳐 광범위하게 모든 직업군을 잠식하며 확산돼 가고 있다. 인공지능에는 챗봇과 로봇 스피커 바둑판 지게차 반도체 등이 있는데 요즘 관심을 끄는 건 챗봇gpt이다. 묻고 답하는 챗봇은 프롬프트를 생성하며 인간과 유사한 텍스트를 생성할 수 있다.

대화의 계층구조를 이해하도록 설계된 챗봇은 어떤 질문에도 즉시로 대답을 내놓는다. 챗봇은 매우 간단하고 쉬워 보이지만 그가 내놓는 대답이 전부 진실은 아니다. 어디까지나 통계에 의한 짜 맞춘 답을 인공지능이 말해주기 때문이다. 일종의 알고리즘으로 잘못된 오답과 획일화된 사고의 변형이 있을 수 있기 때문이다.

챗봇은 자칫하면 사고의 획일화와 사고 기능의 최소화로 분별력과 지정의에 대한 판단기준마저 흐릴 수 있다. 의견을 기기에 의존함으로 기억력의 저하와 생각하는 기능을 떨어뜨려 치매가 유발될 수도 있다는 것이다. 이는 스마트 폰 기기도 마찬가지다.

앞으로는 신적 영역인 예술분야마저 인공지능이 잠식해 갈 예정이라고 한다. 어느 문예지에선가 AI가 쓴 시(詩)가 당선작으로 선정된 경우가 있다고 해 깜짝 놀랐었다. 뿐인가 앞으로는 소설 시나리오 작곡 분야까지 AI가 활동 영역을 넓혀 갈 거라고 한다.

종교적인 영역도 예외가 아니다. 교회에서 하는 목사의 설교나 절에서 승려가 하는 설법도 AI가 대신해 줄 날도 멀지 않았다고 한다. 기막힌 현실이다.

평생을 예술 하나에 의지하고 살아온 예술인들에겐 이보다 더 큰 위기상황은 없을 것 같다. 그렇다면 AI가 판치는 예술계는 어떻게 될 것인가. 아마도 질은 나날이 떨어질 것이고 예술인들은 손 놓고 방관 자세만 취하게 될지도 모른다. 아니면 AI와 창조적 능력을 놓고 경쟁을 하든가.

안 그래도 인터넷 스마트 폰의 범람으로 독자 수

가 급감한 문학계는 가진 자들만이 공유하는 친목단체로 변형될지도 모른다. 그렇다고 평생을 예술을 업(業)으로 살아온 예술인들에게 포기란 있을 수 없는 일.

봄의 서곡을 알리던 어느 날 부여를 찾았다. 노교수님의 시 창작 교실을 찾아 오랜만에 강의를 들었다. 아직도 시(詩)를 사모(思慕)하는 지망생들이 있다는 사실에 놀랐다. 대부분 노년층이었지만 열심히 시를 창작하고 발표하는 모습에 경외감마저 들었다. 돈이 되기는커녕 오히려 돈이 들어가는 문학 활동을 범인들은 이해하지 못할 것이다.

동아리 수준으로 전락한 문학단체는 어딜 가나 경로당을 방불케 한다. 요즘 어떤 젊은이가 소설을 직업으로 가지려 하겠는가.

육십 평생을 소설 하나 의지하고 살아온 나는 닥친 현실을 수긍하면서도 가슴이 아릴 때가 많다. 연인이자 친구이자 도피처였던 소설이 언제까지 나를 지켜줄지 의문이다. 그럼에도 나는 소설 중독에서 벗어나지 못한 채 여전히 비현실 속을 살아간다. 여전히 상상의 세계 속에 안주하려 하고 컴퓨터 앞을 못 떠나고 있다. 챗봇을 이기고 말겠다는 이상한 다짐을 하면서.

남들은 노후대책과 재테크에 열 올리는 동안, 나는 여전히 비현실에 빠져 툭하면 여행을 떠나고 나만의 예술 지상주의를 외치고 있다. 소설은 언제까지나 나의 연인이고 친구이고 가족이다.

신외숙

「한국크리스천문학」등단. 창작집 『그리고 사랑에 빼앗긴 자유』외 23권, 장편소설 『여섯 번째 사랑』, 에세이집 『바람이 불어도 가야 한다』 순수문학상. 엽서 문학상 수상

무엇이 진정한 양보인가?

이 주 형

이솝 우화 중 외나무다리에서 마주친 두 마리의 염소 이야기가 나온다. 서로 양보하지 않고 싸우다가 모두 다리 아래 물속으로 빠진다.

사람들은 지혜롭지 못한 사람을 바보 염소라고 비웃는다. 양보할 줄을 몰라 서로 피해를 입기 때문이다. 그렇다면 양보는 최선의 해결책일까? 양보도 양보 나름이고, 그 내용에 따라 커다란 차이가 있다. 불필요한 양보는 만용이고, 무관심을 가장한 양보는 회피이며, 권력이나 무력 앞의 양보는 굴종이라 했다. 지난날의 역사를 통해 몇 가지 사례를 더듬어 본다.

중국 춘추 전국시대의 일화이다. 송의 양공이 홍수라는 강을 사이에 두고 초군과 대치하고 있었다.(BC 638) 초군이 도강을 시작하자 송나라의 장군 공자목이가 양공에게 말했다. "적이 강을 반쯤 건너왔을 때 공격을 하면 능히 이길 수 있습니다." 그러나 양공은 초군이 물속에 있을 때 공격하는 것은 정정당당한 싸움이 못 된다 하여 듣지 않았다. 강을 건너온 초나라 군사가 진용을 가다듬고 있을 때 참모들이 또다시 건의했다. "적이 진용을 정비하기 전에 공격하면 적을 지리멸렬시킬 수 있습니다." 이번에도 송양공은 자신의 주장만 되풀이했다. "군자는 남이 어려운 처지에 있을 때 괴롭히지 않는 법이다. 그러므로 적이 전열을 갖추었을 때 공격하라."

결국 이 싸움에서 송의 양공은 크게 패하였고, 전투에서 입은 부상이 원인이 되어 얼마 뒤 죽었다. 양공은 곧 세상의 웃음거리가 되었고, 사람들은 이를 가리켜 '송양지인(宋襄之仁)'이라 칭했다. 이 말은 어리석은 대의명분을 내세우거나, 또는 불필요한 인정과 동정을 베풀다가 오히려 낭패를 당하는 경우에 쓰이게 되었다. 한비자는 '싸움에서 선의의 경쟁은 한계가 있는 법이다. 겸양은 약자가 내세우는 명분일 뿐이다.'라고 꼬집어 사기에 기록했다.

역사는 되풀이된다고 했던가. 송양지인의 전쟁이 있은 지 2414년 뒤의 일이다. 같은 실수가 미국에서 또다시 벌어졌다. 이로 인해 미국은 독립전쟁을 승리를 이끌어 오늘 날 세계 최대 강국으로 위용을 떨칠 수 있는 기틀을 마련하였다. 참으로 역사의 기묘한 아이러니가 아닐 수 없다.

지금으로부터 222년 전인 1776년 12월 초, 미국은 영국의 식민지에서 벗어나기 위해 독립전쟁을 일으켰다. 18세기의 영국군은 세계 최강의 군대여서 전망은 어두웠다. 조지 워싱턴 장군이 지휘하는 대륙군은 영국군과 벌어진 수차례의 전투에서 많은 병력을 상실했다. 미국인들은 한 차례의 승리도 거두지 못하고 거듭된 패전으로 의기소침해 있었다. 워싱턴의 부대는 6천 명이 남았고 그나마 일부는 맨발에 해진 옷을 걸치고 있을 정도였다.

　영국군은 워싱턴의 군대를 궤멸 위기에 몰아넣었으나 전략적인 실수를 범했다. 즉, 영국 지상군 사령관 윌리엄 하우 경이 '문명국 군대는 겨울에는 싸우지 않는다!' 선언하고 병력을 뉴저지로 후퇴시켰다. 그는 3개 연대의 군대를 뉴저지에서 해산하고 다음 해 봄까지 주변의 여러 마을에 투숙케 했다. 워싱턴은 이를 기회로 삼아 기습공격을 계획했다. 크리스마스 날 새벽 4시, 영국 군인들이 잠든 시각에 워싱턴의 병사들은 델라웨어 강으로 밀고 들어갔다. 불어난 물로 6천 명 중 겨우 2천 4백 명이 강을 건넜다. 워싱턴은 민병들을 이끌고 눈을 맞으며 밤새도록 행군하여 다음 날인 12월 26일 트렌턴을 점령했다.

미국인들이 세계 최강의 영국 군대를 격파한 것이다. 이 전투는 승리의 전환점이 되었고, 일반 대중의 독립에 대한 믿음을 확고하게 심어주어 미국 독립의 기틀을 만들었다.(96. 12. 25. 워싱턴 타임)

양보에 관한 예를 하나 더 들어 보기로 한다. 유태인 의사 빅터 프랭클은 프로이드를 계승한 정신의학의 권위자로, 빈의 제3학파라고 부른다. 그가 아내와 함께 체포되어 아우슈비츠 강제수용소에 도착해서 작별을 해야 할 시간이 왔을 때 극적인 가치갈등에 직면했다. 프랭클의 아내는 아름다운 여자였고 나치 친위대원이 그녀를 탐할 가능성이 있었다. 이것은 그녀가 살아남을 기회가 될 수도 있겠지만, 그녀는 남편과의 결혼서약 때문에 거부할 것이다. 그녀가 받은 교육은 엄격하고 종교적인 전통적 계보를 따른 때문이었다. 굳은 정조관념이 그녀 안에 깊이 뿌리를 내리고 있음을 프랭클은 잘 알고 있었다.

서구문명의 계율인 10계명의 두 가지 주요 가치 기준은 간음과 살인을 하지 말라는 것이다. 고상하고 보편적인 가치도 독단적으로 높여지고 숭배되면 맹목적 숭배일 뿐이다.

프랭클은 그녀의 도덕적 의무감을 풀어주지 않으면 그녀의 죽음은 공동 책임이라 생각했다. 독특한 상황에서 그녀에게 살아남아야 할 필요성을 발견하도록 미리 책임 해제를 해주는 게 자신의 의무라는 것을 새삼 느꼈기 때문이다. 그는 간절한 목소리로 힘 있고 강경하게 그의 아내에게 말했다.

"무슨 일이 있더라도 끝까지 살아 있구려!"

그녀는 프랭클이 힘주어 강조하는 말의 의미를 깨닫고 잠시 눈빛이 흔들렸다. 그러나 곧 그녀는 남편의 간절한 소망을 이해했고, 다시 안정을 되찾은 눈에는 이슬이 맺혔지만 굳센 의지를 담고 있었다.

염소가 외나무다리 위에서 다투듯, 두 개의 가치는 서로 갈등을 빚는다. 이것을 가치갈등이라 부르며, 두 개 이상의 가치가 평면 위에서 대립할 경우에 발생한다. 이를 해결하기 위한 방법은 평면적인 구조를 입체적인 구조로 바꾸는 것이다. 즉, 가치갈등을 입체적인 구조로 바꾸어 위계질서를 정립하는 것이다. 이때 하위의 가치는 상위의 가치에 대하여 양보라는 입장에 놓이게 된다. 그러므로 진정한 의미의 양보는 가치의 위계질서를 정립함으로써 가능해진다.

우리나라는 현재 심각한 경제위기를 맞고 있다. 노숙자가 늘어나는 현상에서 보듯, 개인과 가정의 파괴가 심각한 사회문제로 대두되고 있다. 따듯한 가정이 존재하는 한 재기의 발판도 가능하거늘, 모래 위에 세운 누각인들 얼마나 버티겠는가? 가장 경계하고 무서워해야 할 적이다. 힘겨운 고난으로 모든 걸 팽개치고 거리로 나서는 사람들의 심정을 이해 못하는 바는 아니다.

그러나 사람이 나이가 들면 때로는 비켜 설 줄도 알아야 하지 않겠는가? 이 세상 그 어느 것보다 높은 상위의 가치는 가정을 지키는 일이기 때문이다. 니체는 말했다. '왜 살아야 하나 하는 인생의 의미를 가지고 있는 사람은 어떻게 해서든지 살아나갈 수가 있다.'라고. 그의 말을 가슴 깊이 간직하고 되새긴다면 진정한 의미의 양보 또한 어려운 일만은 아니리라.

이주형

서울농대 졸업, 연세대학원 수료, 한국문협 회원, 한국예총 고양지부부회장, 수필집 「거북이 인생」, 「진·간·꼭」

명작의 숲을 거닐며 / 아서 밀러의

세일즈맨의 죽음

– 환멸로 끝날 수밖에 없는 꿈만 갖고 있다면–

조 신 권

(시인/문학평론가/연세대 명예교수)

‖ 명문에로의 초대 ‖

1) 윌리:내 말이 그 말이야. 버나드는 학교 성적은 좋을지 모르지만, 졸업 후 사회에 나오면 너희들이 그 녀석보다 다섯 배는 나을 거야. 그래서 너희들이 그 멋진 아도니스처럼

생긴 것을 신께 감사해야 한다. 사회에서 두각을 나타내는 사람들은, 자신의 아성을 쌓아가는 사람들인데, 그들은 항상 앞서 가는 사람들이란다. 인기만 있으면, 별 문제 없단다. 애들아, 날 보렴. 구매계원을

만나기 위해서 줄을 설 필요도 없어. '윌리 로먼이 왔다!' 하면 더 이상 설명이 필요 없이 통과한다.

2) 윌리:너무 겸손해하면 안 돼! 넌 항상 맥없이 시작하는 것이 탈이야. 호탕하게 웃으면서 걸어 들어서야 한다. 걱정스런 표정은 하지 말고. 처음에는 네가 재미있는 이야기를 한두 가지 해서 분위기를 조성하거라. 무엇을 말하는가보다도 어떻게 말하는가 하는 것이 더 중요하단다. 요즘은 개성 있는 사람이 출세하게 되어 있어.

1) Willy : That's just what I mean. Bernard can get the best marks in school, y'understand, but when he gets out in the business world, y'ubderstand, you are going to be five times ahead of him. That's why I thank Almighty God youre both built like Adonises. Because the man who makes an appearance in the business world, the who creates personal interest, is the man who gets ahead. Be liked and you will never want. You take me, for instance. I never have to wait in line to see a buyer. "Willy Loman is here!" That's all they have to know, and I go right through.

2) Willy : Don't be so modest. You always started too low. Walk in with a big laugh. Don't look worried. Start off with a couple of your good stories to lighten things up. It's not what you say, it's now how you say it—because personality always wins the day.

위의 명문은 미국의 극작가 아서 밀러가 쓴 「세일즈맨의 죽음」에 나오는 주인공 윌리 로먼이 자기 아들들 비프와 해피에게 하는 유명한 대사다. 먼저 밀러의 생애와 작품세계를 살펴보겠다.

밀러의 생애와 작품세계

아서 애셔 밀러(Arthur Asher Miller, 1915-2005)는 미국의 극작가이다. 1915년에 미국 뉴욕 할렘(Harlem)에서 출생했다.

아버지는 의류 제조업자이며 어머니는 전직 교사인 유대인계 중류 가정의 3남매 중 둘째딸로 태어났다. 소년 시절에 대불황으로 집이 몰락하여, 고등학교를 나온 후 접시 닦기, 사환, 운전사 등 여러 직업을 전전하며 고학으로 겨우 미시간대학교 연극과를 졸업

했다. 졸업 후 뉴욕시에 가서 생계를 위하여 라디오 드라마도 쓰고, 희곡 창작도 계속했는데, 1944년 「행운을 잡은 사나이」(The Man Who Had All the Luck)로 브로드웨이로 진출할 수 있었다. 1947년에는 전쟁 비판적인 심리극 「모두 내 아들」(All My sons, 1947)이 히트하면서 세인의 관심을 모았고, 비평가들의 절찬도 받았다.

1949년 「세일즈맨의 죽음」(Death of a Salesman, 1949)이 브로드웨이에서 초연되어 성공을 거두었다. 이로써 아서 밀러는 극작가로서의 지위를 확립하였고, 이 작품으로 퓰리처상을 받았다. 1956년 마릴린 먼로(Marilyn Monroe)와 재혼했지만 1961년에 이혼했다. 1962년 매그넘 사진가로 활약하고 있던 사진작가 인지 모라스(Inge Morath)와 세 번째로 결혼했다. 두 사람 사이에서 태어난 딸 레베카 밀러는 배우이자 극작가, 영화감독이 되어, 배우였던 대니얼 데이-루이스(Daniel Day-Lewis)와 결혼했다. 2005년 89세의 나이로 코네티컷 주 자택에서 암으로 인한 심장마비로 사망했다.

위에서 이미 언급한 바 있는 「행운을 잡은 사나이」, 「모두 내 아들」,「세일즈맨의 죽음」, 이외에도 대표적인 작품으로서는 일명「도가니」로도 불리는「가혹한 시련」(The Crucible, 1953),「다리에서 바라본 풍경」(A View From The Bridge, 1955) 등이 있다.

그밖에 먼로를 모델로 한「추락 이후」(After the Fall, 1964),「부서진 잔」(Broken Glass, 1994),「부활의 블루스」(Resurrection Blues, 2002), 마릴린 먼로와의 결혼생활의 마지막 소란스러운 나날들을 반영한 작품「영화를 끝내며」(Finishing the Picture, 2004) 등의 희곡과 소설, 라디오 드라마와 평론이 있다. 그는 테네시 윌리엄스와 함께 미국 연극의 발전과 실험에 크게 이바지했으며, 그의 희곡은 대부분 미국인의 공통된 비극적 생활면을 주제로 한 점에서 큰 공감을 불러일으켰다.

「센일즈맨의 죽음」의 줄거리

이 작품은 2막으로 구성된 현대비극이다. 1막에서 과거 유능한 세일즈맨이었던 윌리(Willy Loman)는 현실을 직시하지 못하고 허황된 꿈만 좇는 모습으로 그려진다. 그런 윌리와 마찬가지로 현실을 직시하지 못하는 비프(Biff)와 해피(Happy)는 시궁창 같은 현실에서 벗어나 로먼 브라더즈의 이름을 걸고 성공할 화려한 미래만을 꿈꾼다. 윌리는 가장으로서 무거운 책임감 그리고 너무나도 큰 자신의 이상을 실현시키지 못하는 현실에서 행복했던 과거로 자꾸만 도피하려고 한다. 그리고 그렇게 무언가에 쫓기듯 사는 자신을 그 자체만으로 좋아해주는 한 여자와 바람을 피웠던 과거를 떠올린다. 이 사건은 사이가 누구보다도 좋았던 비프와 윌리를 갈라놓는 원인이 되었다. 비프가 고등학교 시절 풋볼을 훔쳐도 꾸짖지 않고 오히려 기백과 개성이 있어야 성공한다면서 비프를 나무라던 버나드와 찰리를 욕하던 그는 여자와의 바람피움을 비프에게 들키고 만다. 그렇게 과거와 현재를 왔다 갔다 하던 윌리는 자신에게 찾아온 찰리와 카드 게임을 하던 중 자신의 형 벤을 상상하는데, 그는 존경하는 벤 형을 통해 자신의 삶이 틀리지 않았음을 합리화시키려고 노력한다. 하지만 찰리 눈에 그는 그저 정신이상자 같을 뿐이다. 때문에 둘은 언성만 높이고 헤어진다. 이렇게 자신을 제어하지 못하는 아버지를 아들들이 이해하지 못하자 린다(Linda)는 한평생 아들을 위해 살았고, 아버지가 봉

급을 못 받는 이야기와, 자살을 시도했다는 얘기까지 하며 그를 도와주고 이해해주길 바란다. 비프는 예전에 자신을 아꼈다고 생각하는 올리버 사장에게 돈을 빌려 새로운 사업을 시작하려 하고 가족들은 다시 희망을 갖는다. 물론 그 와중에도 비프는 윌리를 못마땅해 한다.

2막에서는 올리버 사장을 만나러 간 비프와, 자신을 본사에서 일하게 해줄 것과 주불을 올려달라는 부탁을 하러 간 윌리는 각자의 길로 떠난다. 윌리는 자신보다 한참이나 어린 사장 하워드에게 아주 차갑게 거절을 당한다. 게다가 해고까지 당한다. 또한 자신을 아주 아꼈다고 생각했던 올리버가 자신을 알아보지도 못하자 이제야 자신의 위치를 깨닫는다. 회사에서 쫓겨난 윌리는 찰리에게 찾아가고 그곳에서 버나드를 만난다. 버나드는 미래가 총망하던 비프 형이 아저씨를 만나고 이상해진 것 같다는 질문에 죄책감을 느낀다. 그래서 오히려 화를 내고, 찰리의 일자리 권유에도 언성만 높이고는 되돌아와 버린다. 해피와 비프는 아버지를 만나기로 한 카페에서 예쁜 여자를 발견하고는 작업을 건다. 하지만 윌리는 비프와 어긋나기 시작했던 과거를 떠올리며 굉장히 불안해 있는 상태였다. 결국 모두가 불안한 감정 상태에서 만난 이 모임은 완전히 망가진다. 비프와 해피는 아버지를 술집에 두고 돌아와 버린다. 윌리와 비프는 집에서 다시 재회하지만 싸움은 그치지 않았고, 결국 비프는 아버지 앞에서 눈물을 보이고 만다. 윌리는 그 눈물이 자신을 사랑함에 보인 눈물이 아니었음에도 비프가 자신을 걱정한다고 생각하며 매우 기뻐한다. 윌리는 모든 가족들을 집안으로 돌려보내고 상상 속 벤 형과 대화를 하고는 가족들에게 보험금을 타게 해주려는 의도로 자살을 선택한다. 초라하게 마무리되는 윌리의 장례식에서 가족들은 그를 그리워하고, 그제야 그의 마음을 이해하고 자신들의 역할을 깨닫는다.

윌리의 그릇된 인생철학

이 작품의 주인공 윌리 로먼은 부단히 투기적인 꿈을 가지고 살아온 세일즈맨이다. 그는 늘 자기가 얼마나 유능하고 인기 있는 세일즈맨인지를 아들들에게 알려주려고 애쓴다. 이미 명문으로 제시한 두 아들에게 주는 윌리의 말과 다음과 같은 대화 속에서 그런 환멸로 끝날 수밖에 없는 꿈의 철학을 발견할 수 있다. "아버지, 이번에는 어디 갔었어요?"라고 묻는 비프의 말에, 아버지는 이렇게 대답한다.

"출장으로 북방 푸로비던스까지 갔었다……. 아메리카는 어느 곳에 가더라도 기려한 마을이 있고 훌륭한 사람들이 많지. 얘들아, 그들이 전부 나를 알고 있단다……. 참 훌륭한 사람들이지. 내가 너희를 데리고 가면 어느 곳에 가더라도 정말 알리바바의 '열린 참깨'를 보는 것 같을 거야. 나에게는 친구들이 많아. 뉴잉글랜드의 어느 거리에 차를 세워도 순경들이 자기들 것같이 보호해 주지."

이것이 바로 윌리의 안이한 낙천적 성공주의 철학이었다. 사람의 마음을 사로잡을 수 있는 품성과 인품만 갖추고 있으면 사회에서의 성공은 틀림없을 것이라는 것을 믿고 있었으며 그 교훈을 아들들에게 늘 들려주곤 하였다. 이런 윌리의 자세는 어려서부터 기인된 것인데, 죽은 형 벤에게서 받은 영향이었다. 윌리는 형을 인생의 사표로 삼아 살고 있었고 늘 환상 속에서 형의 그런 인생철학 이야기를 들었다.

벤은 17세에 아프리카의 정글로 들어가 다이어몬

드 광산을 발굴, 21세에 성공자가 되었다. 그는 벤의 이런 행운을 결코 잊을 수 없었다. 벤은 아프리카의 개척정신을 상징하였다. 윌리는 형으로부터 늘 환각 속에 이런 말을 듣곤 하였다. "윌리, 현관만 열면 신대륙이야. 이런 마을로부터 어서 빠져나가게. 여기에는 빈말과 월부지불과 재판소만 가득할 뿐이야. 주먹을 불끈 쥐고 행운을 위해 힘껏 싸울 수가 있을 거야." 형으로부터 이런 말을 늘 들으면서도 실천으로 옮겨본 적은 한 번도 없다.

윌리의 꿈은 하나님 없이 살아가는 현대인의 환상이요 꿈이라 할 수 있다. 그러나 이런 현대인의 정신은 근본적으로 그릇된 것이요 거품과 환각이요 허풍일 뿐이다. 인간의 근본은 정신이다. 정신은 인생의 주인이요 뿌리요 기둥이다. 몸은 마음을 담는 그릇이고, 신체는 정신이 살고 있는 집이다. 몸이라는 그릇 속에 마음이라는 주인이 살고 있다. 신체라는 집 속엔 정신이라는 근본이 살고 있다.

세상만사는 근본이 중요하다. 모든 일은 먼저 뿌리가 튼튼해야 한다. 뿌리가 약하면 나무는 비바람에 쓰러지고 만다. 뿌리가 깊은 나무는 아무리 비바람이 세차게 불어도 요지부동이다. 인생에 있어서 가장 중요한 것은 근본의 확립이다. 튼튼한 집을 지으려면 먼저 기초를 튼튼히 해야 한다. 이 세상에서 근본을 튼튼하게 하는 일처럼 중요한 것이 없다. 근본이 바로 서면 길과 방법은 저절로 생긴다. 그 근본이 무엇인가? 그 근본이 정신이다. 그러나 하나님을 빼놓은 정신을 혼이 나간 정신과 같다. 그런 정신은 거품으로 포장되고 빈 깡통으로 남는다. 유신정신(有神精神)을 갖는 것이 인생의 근본을 세우는 길이라는 것은 만고불변의 철리다. 그런데 현대인들은 신을 내버렸다. 신을 땅 속에 매장하고 맘몬을 섬기며 살기 때문에 하늘에는 먹구름만 끼어 있고 땅에는 부정부패 허위와 사기만 난무하게 되었다. 세상은 완전히 폭력과 막말 세상이 되어 버렸다. 잘될 거라고 하는 낙관주의 가지고는 미래를 밝게 열 수 없다. 잃어버린 신을 다시 찾아 모든 일의 근본으로 삼을 때 내일의 태양은 다시 떠오를 것이다.

팔다리 없어도 날 수 있는 것은

닉 부이치치라는 팔다리 없는 사람이 있다. 그는 현재 31세가 된 호주 태생으로서 복음과 희망의 힐

링 전도사다. 팔다리가 없어도 서핑에 도전하고, 요리를 하고, 드럼을 연주하고, 타이핑을 치고, 그리고 결혼을 하고, 아이를 낳아 양육하기도 한다. 그의 인생에는 아무도 막을 수 없는 끝없는 도전만 있을 뿐이다. 우리 인생에 보이지 않는 날개가 있음을 알려주는 책이 바로 「닉 부이치치의 플라잉」이다. 어떤 순간에도 절망을 딛고 희망을 보았던 닉 부이치치의 끝없는 도전정신을 만나기 원한다면 이 책을 꼭 사서 읽어보시기 바란다. 그는 왜 플라잉(Flying)인가를 이 책에서 보여주고 있다.

인생의 문제에 사로잡혀 고통 받고 있으면 미래와 비전이 보이지 않는다. 세상의 중력은 우리를 환경과 상황의 노예가 되게 한다. 인생에는 보이지 않는 날개가 있다. 이 날개는 행동으로 옮길 때만이 알 수 있는 것이다. 날개가 있지만 사용하지 않고 있거나 아니면 현실에 막혀 날개를 접고 있거나 또는 세상에 의해 날개가 꺾이었으면, 모두 한계를 뛰어넘어 영혼의 비상을 할 수가 없다. 믿음의 날개를 달고 세상의 중력을 거슬러 박차고 날아올라야 한다. 닉 부이치치야말로 이 땅의 중력을 거부하고, 하늘 높이 날아 오른 믿음의 인물이다. 그러나 세일즈맨은 자기가 원하던 인기나 행복을 누리지 못하고 마지막에는 자살로 자기의 생명을 끊는다. 팔다리 없는 복음 전도자 닉 부이치치는 한참 강연하는 도중 몸을 기울여 쓰러진다. 놀라는 청중을 뒤로하고 그는 넘어진 상태로 말을 이어나간다.

"제 이름은 닉 부이치치입니다. 태어날 때부터 팔다리가 없었습니다. 왜 이런 모양으로 태어났는지 의학적으로는 설명이 되지 않습니다. 저에게는 발이 하나 있습니다. 발가락이 두 개 달려 있지요. 이 발가락으로 1분에 43개의 단어를 키보드로 칠 수 있습니다. 저처럼 넘어지면 여러분은 어떻게 합니까? 다시 일어서겠죠. 일어나려고 100번을 시도해 모두 실패했다 해서 제가 실패자일까요? 우리는 실패할 때마다 교훈을 얻습니다. 하나님은 저와 함께하시며 우리에겐 계속 기회가 있습니다. 혼자가 아니란 걸 알면 우리는 뭐든지 할 수 있습니다. 계속 시도하고 절대로 포기하지 마십시오."

물질 만능시대라고 하는 현실에서 돈의 힘은 참으로 위대하다. 돈으로 머리도 사는 세상이요, 돈으로 사랑도 명예도 권력도 사는 세상이 되어 버렸다. 돈은 사람의 마음을 움직이는 가장 강력한 도구가 되었기 때문이다. 삶을 영위하기 위해, 잘 살기 위해 돈을 벌어야 하며 행복하기 위해 잘 살아야 한다. 그러나 돈을 벌고자 수단 방법을 가리지 않다가 결국 불행해진다. 그것이 한때 아메리카의 드림이었다. 그 드림은 환멸로 끝나고 말았다. 지금의 코리언 드림이 바로 그러하다. 그러나 돈을 가지고 다른 것은 살 수 있을지 몰라도 참 행복을 살 수는 없다. 하나님을 떠난 꿈은 환멸로 끝날 수밖에 없고 세일즈맨의 종말처럼 불행의 종말로 끝나고 만다.

조신권

「새시대문학」 평론 등단, 저서 『존 밀턴의 문학과 사상』 외 다수. 미국 예일대학교 객원교수, 연세대학교 영어영문학과 명예교수, 총신대학교 초빙교수, 한국밀턴학회 회장 역임

우파국민의 형성과정과 태극기

시위의 역사적 의미

서울역서부터 지금까지 태극기를 5년 넘게 들었던 저의 심정을
잘 표현한 글이라 옮깁니다.

최 진 덕

(한국학중앙연구원 명예교수, 철학)

단군 이래 처음으로 1948년 대한민국이란 이름의
민주공화국이 탄생했다. 이 민주공화국의 경제적 기초
는 자본주의 시장경제였고 그 정치체제는 자유민주주
의였다.

대한민국은 우파 국가로 태어났다. 그러나 불행히도
우파 국가를 받쳐주는 우파 국민이 아직 없었다. 애국
애족의 마음은 가득했지만 시장경제와 자유민주주의를
제대로 이해한 사람은 대통령 이승만 말고는 거의 없었
다. 해방공간에서 좌우를 가릴 것 없이 누구나 민주주
의를 떠들었지만 자유민주주의와 인민(민중)민주주의
간의 구별은 늘 모호했다. 이런 상황에 1946년 여론조
사에서는 응답자의 70퍼센트가 경제체제로는 사회주의
가 좋다고 답했다. 사회주의에 대한 지식인층의 선호도
는 훨씬 더 높았을 것이다.

건국 당시 대한민국은 한 마디로 모래 위에 세워진
나라였다. 그 모래를 다져 단단한 땅으로 만드는 과정

은 70여 년이 지난 지금까지도 계속되고 있다. 우파 국민이 없는 우파 국가는 1950년대에는 이승만 한 사람의 카리스마에 의해 간신히 지탱되었다. 이승만은 미국의 지원에 힘입어 6.25의 위기를 극복했지만 그의 개인적 카리스마에 의존하는 통치 행태는 독재를 부를 수밖에 없었다.

부정 선거를 계기로 일어난 4.19 학생의거는 독재를 몰아냈으나 인구의 절대 다수가 농민이고 우파 국민은 아직 형성되지 못한 상태에서 학생들의 때 이른 민주화 요구는 여전히 자유민주주의 우파와 인민민주주의 좌파 간의 구별이 모호한 가운데 정치사회적 혼란을 불러왔다.

이 위기를 극복한 인물이 군인 박정희였다. 박정희는 불과 18년 사이에 기아선상의 가난한 농업국가를 어엿한 산업국가로 바꾸었다. 천지개벽과도 같은 이 기적과 함께 중산층 우파 국민이 비로소 탄생했다. 그 이전에는 우파 국민은 존재하지 않았다. 박정희는 위대한 통찰력의 소유자였다.

그는 자유민주주의를 신봉했지만 먹고 살만한 수준의 사유재산을 가진 자유시민의 양성 없이는 자유민주주의가 불가능함을 잘 알았다. 그래서 그는 지식인층의 고급 취향과는 안 어울리는 '우리도 한번 잘 살아보세'라는 통속적인 슬로건을 내걸고 백 년 전 명치시대의 일본처럼 국가 주도로 기업과 기업인을 키우고 시장을 확대하면서 경제 개발에 박차를 가했다.

바깥으로는 북한의 남침 위협이 가중되고 안으로는 자유시민 즉 우파 국민이 아직 형성되지 못한 상황에서 경제와 안보 두 마리 토끼를 동시에 잡자니 정권 안정이 모든 사업의 대전제였다.

1969년 삼선 개헌과 1972년 시월 유신은 정권 안정을 위해 박정희가 내린 고뇌에 찬 결단이었지만 그의 애국심을 이해해주는 지식인은 거의 없었다. 대학생, 교수, 언론인 등 지식인에게 박정희는 그저 타도해야 할 군인 독재자에 불과했다. 당시의 지적 수준으로는 박정희에 대한 이해가 거의 불가능했던 것 같다. 박정희의 경제개발 덕분에 등장한 중산층 자유 시민들 즉 우파 국민도 독재자 타도에 동참했다.

10.26은 표면적으로는 김재규가 저지른 시해사건이었지만 그 속내를 더 들여다보면 박정희가 낳은 자식들이 박정희를 죽인 역사적 비극이기도 했다. 박정희가 영구 집권을 꾀했다면 경제개발 따위는 하지 않고 자신이 살기 위해 나라를 말아먹은 김일성처럼 철저하게 독재를 해야 옳았다. 하지만 박정희는 조국을 살리기 위해 자신이 죽는 길을 택했다.

우파 국민이 형성은 되었으나 아직 성숙 단계에 이르지 못한 상황에서 박정희의 죽음과 함께 터져 나온

민주화 시위는 4.19 때처럼 혼란을 불렀다. 민주화 세력의 요구에는 또 다시 자유민주주의와 인민민주주의가 애매하게 섞여 있었다. 광주사태로 인해 혼란은 더욱 증폭되었다. 이 혼란을 신속하게 극복한 인물이 군인 전두환이었다.

전두환은 박정희 이상으로 자유민주주의를 신봉했지만 혼란을 극복하고 질서를 유지하기 위해서는 군부의 힘으로 정권을 안정시키는 것 말고는 달리 방법이 없다고 판단했다. 당시 민주화 세력을 신뢰하지 않았던 그의 판단이 옳은지 여부는 좌파와 우파 사이에 두고두고 논란거리로 남겠지만 북한의 남침 위협과 우파 국민의 미성숙, 일부 정치꾼들의 수상한 선동, 그리고 제5공화국의 혁혁한 성취를 고려하면 전두환이 옳았다.

전두환은 북한의 위협에 맞서 안보를 지키는 한편 자유주의적 경제정책으로 한국 자본주의를 정상 궤도에 올려놓았고 중산층 우파 국민의 수를 크게 늘렸다.

88올림픽의 성공적 개최는 대한민국의 도약을 전 세계에 알리는 사건이었다. 그러나 이 같은 성공에도 불구하고 전두환은 자유민주주의를 요구하는 우파 국민의 마음을 얻지는 못했다. 실질보다 명분에 집착하고 군인을 저평가하는 습성에서 벗어나지 못한 우파 국민의 눈에 전두환 정권은 타도해야 할 군사독재 정권으로만 비쳤다. 우파 국민의 성숙도가 아직 낮다는 단적인 증거였다.

전두환과 신군부는 대통령 직선제를 받아들이고 스스로 권력을 내려놓았다. 총칼로 권력을 잡은 군부가 스스로 권력을 내려놓고 떠나는 것은 중남미나 동남아시아에서는 상상조차 할 수 없는 일이었다. 기적 같은 일이 일어난 데에는 넥타이 부대를 앞세운 민주화 세력의 공로도 있었지만 그보다는 육군사관학교에서 미국식 자유 민주교육을 철저하게 받은 엘리트 장교들의 애국심과 자부심 그리고 자제심이 더 결정적이지 않았을까 생각한다. 80년대 말 민주화의 일등 공신은 아직 성숙단계에 이르지 못한 우파 국민이 아니고 그들의 요구 앞에 자기 희생을 각오한 전두환과 신군부였다는 사실을 눈치 챈 우파국민은 아직도 거의 없다.

전두환은 2021년 사망할 때까지 민주화를 내세우는 좌파 세력에 의해 30년 넘게 조리돌림을 당했고 우파 국민은 그냥 보고만 있었다. 전두환은 자신의 운명을 미리 알았을까. 설령 미리 알았다 해도 전두환은 스스로 권력을 내려놓는 바보짓을 감행했을 것이다.

그는 육군사관학교에서 조국을 위해 죽는 것이 영광이라는 교육을 받은 군인이었다. 그가 목숨 걸고 대통령 시해 사건을 공정하게 수사하다가 대통령까지 되어야 했던 것도 사관학교 교육의 효과였다. 그런데 민주화 세력에게 그런 전두환을 속죄양으로 바친 것은 우파 국민의 죄였지만 다른 한편 80년대 대학가에서 독버섯처럼 자라나고 있던 주사파에 대해 너무 관대했던 것은 전두환의 죄였다.

서울대와 연고대에 다니는 전도 유망한 학생들이 '위대한 수령 김일성 동지,' '위대한 지도자 김정일 동지'를 외칠 때 한국의 언론은 웃어야 할지 울어야 할지 모를 대학가의 이 해괴망칙한 정치 코미디에 대해 제대로 보도를 하지 않았다.

그래서 대학가가 온통 붉게 물들었다는 사실을 아는 국민도 별로 없었거니와 설령 안다 해도 심각하게 걱정하지 않는 분위기였다. 말도 안 되는 그 주사파가 30년 뒤 청와대를 장악하리라고는 그때는 상상조차 못했다. 전두환과 신군부 또한 우파 국민과 마찬가지로 순진하고 어리석었다. 주사파를 탄압해도 탄압의 강도가 세지 않았고 사회로부터 격리해야 한다는 생각 따위는 하지 않았다. 전두환과 신군부의 자진 퇴장으로 권력이 마침내 민주화 세력에게 넘어갔다.

30년 가까이 우파 국민을 대신해서 우파 국가를 지탱해온 군부의 힘이 사라지자 주사파 중심의 운동권이 민주화 세력의 비호와 은폐 아래 정계를 위시해서 각계 각층으로 퍼져나갔다. 80년대 말부터 공산권의 붕괴가 시작되었고 90년대 초에는 북한 동포 3백만이 굶어 죽었다. 그런데도 대학가의 주사파는 요지부동이었다. 혹시 누군가 전향을 하면 배신자로 찍어 몰매를 가했다. 우파 국민 대다수가 그런 사실을 몰랐고 알아도 '설마 그럴 리가 있겠냐'고 했다.

심지어 좌파 같은 것은 없다는 물정 모르는 낙관론도 떠돌았다. 그러는 사이 우파 국가 대한민국의 좌경화가 빠르게 진행되고 있었다. 민주화 세력은 겉으로 자유민주주의를 표방하는 듯했지만 김영삼 정권에서 김대중 정권을 거쳐 노무현 정권으로 갈수록 이승만, 박정희, 전두환에 대한 비판과 조롱과 부정은 당연지사가 되었고 성장보다는 분배를 더 중시하면서 시장경제와 자유민주주의에 대한 반감을 자주 드러냈다.

민족주의와는 질이 다른 민족지상주의에 따라 친북적 내지 종북적 자세를 자주 보여주는 동시에 일본에 대한 증오심을 자꾸 자극하고 한미동맹을 흔드는 일까지 비일비재했다. 특히 대통령 노무현은 대한민국에 대해 부정적인 태도를 노골적으로 드러냈다. 심지어 "태어나지 말아야 할 나라"라 했다는 소문까지 있었다. 그러자 우파국민은 '적화는 되었는데 통일만 되지 않았다'고 소리 죽여 수군거렸다. 무언가 크게 잘못되고 있음을 직감하고 위축감 내지 공포감을 느꼈던 것이다.

아직 성숙 단계에 이르지 못한 우파국민은 비겁하게 뒷전에서 수군거리는 것 외에 할 수 있는 일이 아무 것도 없었던 반면 소녀 취향의 낭만적 좌파 구호에 고무

된 젊은이들은 좌파 정부의 비호 아래 걸핏하면 촛불을 들고 광장으로 몰려나와 세를 과시했다. 대규모 촛불시위는 한국 현대사 속에 처음으로 좌파 국민이 등장했음을 알리는 불길한 신호였다. 좌파 언론은 근거 없는 이상한 뉴스를 만들어 촛불 시위에 기름을 부었다.

소녀 취향의 낭만적 구호 외에도 노동 해방, 민중 혁명, 반미 반일과 같은 살벌한 구호가 서슴없이 외쳐졌다. 해방후 오랫동안 민주화라는 구호 아래 숨죽이고 있던 인민(민중)민주주의가 제 목소리를 내기 시작했던 것이다.

바로 이 무렵 좌파 학자들은 자유민주주의에서 '자유' 두 글자를 떼어내야 한다는 섬뜩한 주장을 했고 이 주장은 논란 끝에 사실상 관철되었다. 자유에 대한 좌파의 공격은 집요했다. 저강도 사회주의 혁명이 진행 중임을 그제서야 깨닫게 된 우파 국민이 많아졌지만 색깔론이라는 혐의가 두려워 대놓고 말하기가 어려웠다. 대부분의 기성 언론은 좌경화되었고 우파 언론으로 알려진 조중동조차 애매한 보도 태도를 취했다.

노무현에 크게 실망한 국민의 지지 덕분에 압도적 표차로 당선된 이명박까지도 이념논쟁을 애서 회피했다. 중도 실용주의를 내세운 이명박 정부는 좌파 언론의 가짜 뉴스에 의해 격발된 촛불 시위 앞에 맥을 못 추다가 결국 식물정부로 전락했다. 여당인 새누리당은 좌파의 눈치를 보기에 급급했다. 우파 국민은 우파 정권의 비겁함에 크게 실망했지만 개탄하는 것 말고는 어떻게 해볼 힘이 없었다. 우파 국민의 미성숙을 말해주는 증거다.

극소수의 아스팔트 우파들만이 게릴라처럼 싸웠으나 새누리당은 거의 도움이 되지 않았고 조중동은 제대로 보도해주지 않았다. 경제민주화라는 중도 노선으로 대선에서 겨우 이긴 박근혜는 취임하자마자 놀랍게도 전두환 이후 가장 선명한 우파노선을 걷기 시작했다. 바로 이것이 문제였다. 좌파와의 싸움보다 타협에 길들여진 새누리당과 조중동은 박근혜의 우파노선이 불편했다. 게다가 박근혜는 국익만 생각하고 그들에게 정치적 이권을 허락하지 않았다.

2016년 초 당내 공천 다툼이 격화되고 이를 조중동이 집중 보도하는 바람에 새누리당은 총선에서 참패했다. 이를 계기로 여러 해 동안 세월호 촛불 시위에 시달려온 박근혜 정권은 크게 흔들리기 시작했다.

2016년 가을 조선일보와 중앙일보는 한겨레신문과 손을 잡고 가짜 뉴스를 쏟아내면서 박근혜 정권을 마구 흔들어대기 시작했다. 광화문에서 박근혜 하야를 외치는 촛불 시위가 격렬하게 벌어지는 가운데 같은 해 12월 9일 새누리당은 민주당과 손을 잡고 탄핵소추안을 가결했다. 모조리 불법사기였다.

좌파의 바다 위에 외로운 섬처럼 떠 있던 박근혜 우파 정권이 어이없이 무너지는 꼴을 지켜보던 우파 국민은 박근혜에 대한 불법 사기 탄핵이 우파 국가 대한민국에 대한 불법 사기 탄핵임을 직감하고 하나 둘 태극기를 들고 거리로 나와 '탄핵 무효'를 외치기 시작했다.

2016년 12월 추운 겨울의 일이었다. 촛불 시위대가 점령한 광화문에는 접근도 못하고 서울역 앞이나 대한문 앞 좁은 공간에 수백 명 정도 모이던 태극기 시민의 수는 빠른 속도로 눈덩이처럼 불어났다. 해가 바뀌어 2017년이 되자 매주 토요일 열리는 태극기 시위의 규모는 몇 천, 몇 만이 아니라 십만을 넘길 정도가 되었다. 누가 시킨 것도 아닌데 매주 전국 각지에서 자비로 대절한 관광버스를 타고 몰려왔다. 광주, 목포, 전주 같은 곳에서도 왔다.

같은 해 3월 1일 광화문과 시청 앞에 모인 군중의 규모는 단군 이래 최대였다. 광화문과 시청 앞은 물론이고 종로와 을지로까지 입추의 여지가 없었다. 대단한 장관이었다. 태극기 시위에 참석한 우파국민은 자신들이 이렇게 대규모로 뭉칠 수 있다는 사실에 스스로 놀랐다. 우파국민 없이 출범한 대한민국의 위기 속에서 그 위기의 실체를 정확하게 깨닫고 애국 일념으로 뭉친 성숙한 우파국민이 그렇게 자신의 모습을 드러냈다. 역사적인 순간이었다. 우파 국민 사이에서는 대한민국의 이번 위기는 6.25당시 낙동강 전투 때보다 더 심각하다는 얘기도 나돌았다.

낙동강 전투에서는 적이 바깥에 있고 전선이 분명했지만 이번에는 적이 내부에 널리 퍼져 있고 전선 자체가 불분명하다는 것이 그 얘기의 근거였다.

건국 이후 최대의 위기를 빚은 불법 사기 탄핵 덕분에 태극기 시위가 등장함으로써 대한민국은 오히려 자신을 밑에서 받쳐줄 성숙한 우파 국민의 존재를 확인하는 망외의 소득을 올렸다고 말할 수 있다. 물론 태극기 시위는 불법 사기 탄핵을 막지 못한 채 처참하게 실패했고 대한민국의 위기는 문재인 정권 5년 내내 계속되었다.

그러나 장기적으로 보면 대한민국은 최대의 위기를 거치면서 태극기 시위가 등장한 덕분에 언젠가 우파 국가와 우파 국민이 아래위로 힘을 맞출 수 있게 되었다고도 말할 수 있다. 아마도 바로 이것이 태극기 시위가 갖는 최대의 역사적 의미일 것이다. 늘 그렇듯 불운 속에 뜻밖의 행운이 깃들어 있기도 해서 역사의 행로는 인간의 지성으로는 예측이 참 어렵다.

태극기 시위대는 세계 최고령 시위대였다. 촛불 시위의 주역이 젊은이들이었던 것과는 대조적으로 태극기 시위에 참가한 사람들은 대부분 우리 현대사의 풍상을 몸소 겪은 6,70대 늙은이들이었다.

눈발이 펄펄 날리는 추운 날씨에도 불구하고 아들이 밀어주는 휠체어를 타고 나온 80대 불구 노인도 있었다. 길을 가던 젊은이들은 태극기와 성조기를 들고 있는 늙은이들을 힐끗힐끗 쳐다보면서 비아냥거리는 표정을 지었다. 우리 현대사의 풍상을 몸소 체험하면서 터득한 늙은 우파 국민의 지혜와 애국심을 젊은이들이 그렇게 함부로 조롱해도 되는 것일까.

도대체 무슨 권리로 젊은이들이 지금처럼 풍요와 자유를 누릴 수 있게 된 것이 도대체 누구 덕분인가. 태극기 시위에 참가한 어떤 늙은이는 시청역의 계단을 오르면서 중얼거렸다.

"나는 살만큼 살았어. 죽어도 괜찮지만 공산국가를 자식들한테 물려줄 수는 없잖아."

그 늙은이는 불법 사기 탄핵이 체제 위기임을 잘 알았다. 하지만 결연한 의지의 우파 국민은 고립무원이었다. 새누리당은 민주당과 손을 잡고 불법 사기 탄핵을 자행함으로써 우파 정당이기를 포기했다. 조중동은 좌파 언론과 함께 아무 죄 없는 여자 대통령을 끌어내리려고 입에 담기조차 어려운 가짜 뉴스를 만듦으로써 우파 언론이기를 포기했다. 조중동은 자신들의 사옥 바로 앞에서 태극기 시위가 엄청난 규모로 커지는 것을 빤히 목격하고도 단 한 줄의 보도조차 해주지 않는 만행을 저질렀다.

2017년 2월 중순쯤 되어서야 조금씩 보도했지만 축소 왜곡을 서슴지 않았다. 태극기 시위대는 조중동 사옥 앞을 지날 때마다 배신에 대한 복수를 다짐하며 주먹을 흔들었지만 그들은 너무 늦고 착하고 무력했다. 조중동 사옥에 돌을 던지는 사람조차 없었다. 놀라운 비폭력 평화시위였다.

우파 국민은 자신들을 대표해주는 우파 정당도 없고 자신들을 대변해주는 우파 언론도 없이 악전고투를 벌이는 와중에 엎친 데 덮친 격으로 2017년 3월 10일 헌법재판소가 박근혜 파면을 결정함에 따라 우파 정부마저 잃어버렸다. 그 후 문재인 정권이 끝날 때까지 우파 국민은 자신들의 조국에서 망국의 설움을 씹으며 망명객처럼 살아야 했다.

1948년 건국 당시 우파 국가는 있는데 우파 국민이 없었던 반면 70년이 지난 2017년 불법 사기 탄핵 이후엔 우파 국민은 있는데 우파 국가가 없어져버린 듯했다. 우파 정당, 우파 언론, 우파 정부가 다 사라졌기 때문이다. 문재인과 주사파 일당은 불법 사기 탄핵을 틈타 우파 정부를 하이재킹한 다음 5년 내내 좌파 국민과 우파 국민을 갈라치고 인민민주주의 식의 사회경제 정책과 반미반일 친중친북 외교정책을 강화했다.

그러나 우파국가 대한민국의 기본 틀을 허물지는 못했다. 사회주의 혁명은 실패했다. 왜일까. 우파 국민의 자유민주주의가 좌파 국민의 인민민주주의보다 힘이 더 강했던 탓일까? 아니면 문재인 주사파 정권은 애당초 혁명에 별 관심이 없고 좌파 국민이라 해봤자 실은 그다지 좌파가 아니었던 탓일까. 설령 이 추측이 맞다 해도 우파 국민의 힘은 좌우 균형에 이르기에는 아직 너무 약하다.

우파가 무력하면 좌파는 역사의 악마가 된다. 우파를 말살해버린 스탈린이나 김일성은 역사의 악마가 되었다. 약하나마 늙은 우파 국민이 있었기에 문재인은 그 정도에 그쳤다. 악마가 되기를 원하지 않는다면 좌파는 우파를 용인할 줄 알아야 한다.

대한민국은 처음부터 자유의 나라였다.   자본주의 시장경제는 경제적 자유를 위한 것이고 자유민주주의는 정치적 자유를 위한 것이다.

윤석열 대통령은 취임사에서 자유가 평화와 번영의 원천이고 최고의 보편적 가치임을 확실하게 천명함으로써 불법 사기 탄핵 이후 망명객처럼 살아야 했던 늙은 우파 국민의 염원에 부응했다. 자유는 대개 젊은이들의 가치인데 대한민국에서는 늙은이들의 가치가 되었다. 무슨 나라가 젊은이들보다 늙은이들이 더 진취적인가. 기분이 별로 좋지 않다.

윤석열 정부의 등장에도 불구하고 불안한 것은 그 때문이다. 20, 30대 젊은이들은 좀 더 진취적이고 자유의 가치에 대해 우호적이면 좋겠다. 머지않아 이 젊은이들이 대한민국의 미래를 책임질 것이다. 이 젊은이들을 위해서라도 자유가 무엇인지에 대해 늙은 우파의 진지한 성찰이 필요하다.

건국 이후 지금껏 우파 국민은 자유가 무언지도 모르면서 자유의 나라를 만들어왔다. 80년대 이후 40년 동안 이념 전쟁에서 좌파가 거의 일방적으로 우위를 차지했던 것은 우파국민의 무지 탓이 적지 않다. 이념 전쟁에서의 좌파의 승리가 우파 정당과 우파 언론을 허물고 우파 정부마저 허문 다음 문재인 주사파 정권을 만들어낼 수 있었던 가장 근본적 요인이었다는 사실을 잊지 말아야 한다.

전쟁은 총칼로 하지만 정치는 말로 한다. 정치판의 이념전쟁은 말싸움에서 시작된다. 동서고금을 막론하고 말싸움에서 우파가 좌파를 이기기는 쉽지 않다. 인간의 말이란 게 원래 친 좌파적인 것인지도 모른다. 그래도 이겨야 한다. 이를 악물고라도 이겨서 우파 언론과 우파 정당과 우파 정부를 다시 만들어야 한다. 그래야 대한민국이 산다.

말싸움에서부터 이기지 않으면 우파는 다시 좌파에 압도당하고윤석렬 정부는 무너지거나 비굴한 타협을 하게 될 것이다.

진한 애국정신

꼭 한국 책만 사 달라

美 버클리대에 13억원 기부한 실리콘밸리서 성공한
한인 1세대 암벡스벤처그룹 이종문 회장
95세, 셋째 형은 종근당 창업주
05년부터 전 재산 환원 약속 실천 중
"미국 내 지한파 연구자 키우겠다.
지금이 韓 위상 높일 절호의 기회"

미국 실리콘밸리에서 성공한 한인 1세 대로 꼽히는 이종문(95) 암벡스벤처그룹 회장이 지난 24일(현지시각) 한국 관련 책만 사라며 버클리 캘리포니아대(UC버 클리) 동아시아도서관에 100만 달러(약 13억원)를 기부했다.

이 회장은 실리콘밸리 주류 사회에서 처음으로 크게 인정받은 한인으로 꼽힌다. 1982년 실리콘밸리에 테크 업체 다이아몬드멀티미디어를 세워 수천억 원의 자산을 일궜고, 2005년엔 전 재산 사회 환원을 약속하고 실천하고 있다.

버클리대 동아시아도서관은 인문·사회·과학 연구

실리콘밸리에서 성공한 한인 1세대 이종문 회장

자료만을 소장한 연구도서관이다.

　이 회장은 "미국 내에 한국의 정치·경제·사회에 대해 정확히 아는 지한파 연구자들을 양성하기 위해 기부를 결심했다고 했다. 그는 "K팝·K드라마 등이 화제를 모으며 전 세계에서 한국과 한국 문화에 대한 관심이 이렇게 높아진 적은 없었다"면서 "위상을 드높일 절호의 기회"라고 말했다.

　이 회장이 '한국 관련 책 구입'으로 기부 목적을 정해준 것은 미국 내에 한국학 자료가 턱없이 부족하기 때문이다. 버클리대 동아시아도서관의 경우 중국과 일본, 한국 관련 책 비율은 5대 4대 1 정도다. 이

회장은 "자료가 워낙 없다 보니 미국 학자들이 한국을 연구하면서 중국이나 일본 학자가 저술한 자료를 참고하고 있다고 하더라"면서 "이래서는 안 된다는 생각이 들었다"고 말했다. 중국의 동북공정 행태를 연구하는 학자가 중국 정부와 중국 입장만을 읽는 일이 벌어져서는 안 된다는 것이다. 실제로 이 회장은 미국 내 한국학 연구를 지원하는 한국국제교류재단이 지원 축소 움직임을 보인다는 것을 듣고 이해가 어려웠다고도 했다.

버클리대 측은 한국과 관련된 책만을 사라는 지정 기부는 북미도서관 역사상 처음 있는 일이라고 밝혔다. 도서관 관계자는 "중국과 인도 자료를 사라는 기부금은 셀 수 없이 많다"면서 "이번 기부는 한국학 연구와 한국과 관련된 미국의 올바른 정책 수립을 위한 기초가 될 것"이라고 했다.

이 회장은 1928년 충남 당진에서 태어났다. 가난 때문에 중학교 진학을 포기했지만 해방 후 일본으로 떠난 일본인들이 버린 책을 주어다 읽을 정도로 공부에 매달렸다. 검정고시로 대학에 들어간 뒤 정부

지원을 받아 1958년 미 밴더빌트대로 유학을 가 도서관학석사학위를 받았다. 국내도서관 사서 1호이기도 하다. '책속에 길이 있다'는 것이 그의 지론이다. 이 회장의 셋째형은 제약사 종근당 창업주 이종근 회장이다. 이종문 회장도 종근당에 합류해 1968년 국내 처음으로 미 식품의약국(FDA) 승인을 받아 해외수출까지 이뤄낸 항생제 '클로람페니콜' 개발에 참여했다.

3선 개헌 이듬해인 1970년 정부에서 일하라는 요청이 들어오자, 그는 무작정 미국으로 떠났다. 실리콘밸리에 정착한 그는 미국 골프채와 패션 아이템을 일본에 수출하는 사업을 거쳐 54세 나이에 테크 업체인 다이아몬드멀티미디어를 설립했다. 생활고에 시달리면서도 당시로선 혁명적인 IBM PC와 애플컴퓨터의 호환시스템을 만드는데 성공했고, 1988년에는 그래픽카드도 출시했다.

고속성장을 거듭하며 1995년 뉴욕 증시에 상장된 뒤 지분 매각으로 1억 달러 이상을 벌었다. 이후 벤처투자사 암벡스벤처와 재단을 세우고 기부에 본격적으로 나섰다.

이 회장이 기부를 하며 이루고 싶은 목표는 미국 내 한인들이 자신의 뿌리를 정확하게 아는 것과 고국의 인재를 키우는 일이다. 기회가 있을 때마다 "한국인이 누구이고, 어디에서 왔으며 어디로 가는지, 어떻게 나아가야 하는지를 아는 사람을 육성해야 한다"고 말했다고 한다. 그는 이를 위해 샌프란시스코 아시안박물관에 1600만 달러를 내놓았고, 스탠퍼드대 국제학 연구소에도 400만 달러 이상을 건넸다. KAIST, 고려대 등 국내 대학과 재미 교포 자녀 장학사업단체 등에도 요청이 있을 때, 필요하다고 느낄 때마다 수십억 원씩을 선뜻 기부했다. 이 회장은 "몇 푼 있는 거 한국과 한국 사람을 위해 전부 내놓겠다는 것"이라며 "나와 내 자식만 잘 먹고 사는 그런 인생을 살 순 없다"고 했다.

* 조선일보 실리콘밸리 김성민 특파원께 감사 -

이 글은 조선일보의 양해도 구하지 않고 게재했습니다. 이렇게 자랑스러운 한국인 있고 좋은 정보를 제공하는 조선일보가 고마워서 더 알리고 싶어서 무례지만 한국인이 교훈 삼기를 바라서 올렸습니다. 이 스마트 북 「울타리」는 스마트 폰 등 전자문명에 무너지는 출판문화를 방관만 할 수 없어 경제력도 없으면서 출판문화수호를 위해 발행하는 포켓북입니다. 저는 이회장님을 모르지만 저의 삶도 그분의 뜻과 같아서 소개했습니다. (발행인)

홀로코스트 (7)

아버지가 맞는 것을 보는 아들

"이제는 여기에서 묵는다!"

거기에는 마루가 없었다. 지붕과 네 벽이 있을 뿐. 발은 진흙탕 속에 묻혔다. 또 한 차례의 기다림이 시작되었다. 엘리위젤은 선 채로 잠이 들어 침대를 꿈꾸었고 어머니가 쓰다듬어 주시는 꿈을 꾸었다. 눈을 떴다. 발은 진흙탕에 묻혀 있었다. 어떤 사람들은 그 자리에 주저앉아 진흙탕 위에 드러누웠다. 그것을 본 사람들이 외쳤다.

"당신들 미쳤소? 모두는 서 있으라는 명령을 받았소. 당신들 때문에 우리 모두가 고생을 해도 좋단 말이오?"

그들은 세상의 모든 고난이 이미 그 앞에 닥쳤는데도, 마치 그렇지 않다는 듯이 말하고 있었다. 시간이 지남에 따라 모든 사람이 진흙탕 위에 주저앉고 말았다. 그러나 수용소 간수가 새 신발을 가진 사람이 있는지를 알아보기 위해 올 때마다 어김없이 벌떡 일어서야만 했다. 새 신발을 가진 사람은 간수에게 그것을 바쳐야 했다. 버텨 보아야 아무 소용이 없었다. 곤봉 세례만 당하고 마지막 계산서에서는 신발이 분실된 것으로 기록되기 마련이다.

엘리위젤은 새 신발을 신고 있었다. 그러나 이미 진흙으로 덮여 있어서 어느 누구도 알아볼 수 없었다. 하나님이 이 무한하고 경이로운 우주 속에 진흙을 창조해 주신 데 대하여 즉흥적으로 감사의 기도를 드렸다.

갑자기 쥐죽은 듯한 침묵이 막사 안을 짓눌렀다. 친위대 장교 하나가 들어왔던 것이다. 그에게서 죽음의 냄새가 물씬 풍겨 왔다. 그의 살찐 입술을 쏘아보았다. 그는 막사의 중앙에 서서 연설을 했다.

"여러분은 현재 아우슈비츠의 집단수용에 와 있는 것이다."

그는 잠시 말을 끊고 그의 연설이 끼친 효과를 관찰했다. 그의 얼굴은 오늘까지 모든 사람의 기억 속에 생생하게 남아 있다. 그는 30세쯤의 키가 큰 사나이로 이마와 두 눈동자에는 범죄상(犯罪相)이 뚜렷이 새겨져 있었다. 그는 마치 아직 생명이 붙어 있는, 문둥병 걸린 개떼를 보듯 모두를 훑어보았다.

"이 점을 명심하라. 가슴에 새겨 두고 영원히 기억하라. 여러분은 아우슈비츠에 와 있다는 사실을. 아우슈비츠는 요양소가 아니다. 아우슈비츠는 집단수용소이다. 여기에서, 여러분은 일을 하지 않으면 안 된다. 일을 하지 않으면 여러분은 곧바로 용광로로 가게 될 것이다. 화장장으로 말이다. 일을 할 것인가, 화장장으로 갈 것인가 그것은 여러분의 뜻에 달려 있다."

모두는 이미 그 날 밤 너무나 많은 일을 겪었기 때문에, 더 이상 두려움을 줄 수 있는 것은 아무것도 없으리라고 생각했다. 그러나 가위로 싹둑 자르는 듯한 그의 말에 모두가 몸서리를 쳤다. 그가 쓴 '용광로'란 말은 아무 뜻도 없는 말이 아니기 때문이었다.

그 말의 뜻은 짙은 연기에 섞여 지금도 공중을 맴돌고 있다. 그 말은 아마 그곳에서 사용되고 있는 말

가운데서 참뜻을 지닌 유일한 말이었을 것이다. 그는 막사를 떠났다. 이에 간수들이 나타나 고함을 질러댔다.

"모두 들어라. 자물쇠 제조공, 전공(電工), 시계 제조업자들은 일보 앞으로!"

기술자를 제외한 나머지 사람들은 또 다른 막사로 옮겨졌다. 이번에는 돌로 지은 막사였으며 앉는 것이 허용되었다. 감시는 추방당한 집시 한 명이 맡았다.

아버지가 갑자기 복통을 일으켰다. 아버지는 일어나 집시에게로 가서 독일말로 공손하게 물었다.

"실례지만, 화장실이 어디에 있는지 알려주실 수 있습니까?"

집시는 아버지를 머리끝에서 발끝까지 훑어보았다. 마치, 자기에게 말을 걸고 있는 그 사람이 살과 뼈로 된 정말 인간이며 몸통과 배를 가진 생물인가를 확인해 보고 싶다는 그런 태도였다. 그러더니, 나른한 선잠에서 깨어났다는 듯이 아버지에게 일타(一打)를 가했다. 아버지는 바닥에 넘어져 네 발로 기어 자기 자리로 돌아왔다. 엘리위젤은 꼼짝하지 않았다.

'대체 어떻게 되었단 말인가? 나의 아버지가 내 눈 앞에서 방금 구타를 당하셨다. 그런데도 나는 눈 한 번 깜빡이지 않고 빤히 바라보면서 말 한 마디 못하지 않는가. 어제 그랬다면 나는 손톱을 놈의 살 속에 깊숙이 박았을 것이다. 그런데, 지금은 변했단 말인가? 그렇게 빨리?'

엘리위젤은 양심의 가책을 느끼기 시작했다. 그러나 기껏 속으로만 '나는 결코 그들의 행동을 용서하지 않을 것이라'고 다짐했을 뿐이다. 아버지도 아들의 그런 생각을 알아차렸음에 틀림없었다. 아버지가 아들의 귀에 속삭였다.

"조금도 아프지 않아."

그러나 아버지의 뺨에는 놈의 손찌검으로 아직도 빨간 자국이 남아 있었다.

"모두 밖으로 나와!"

열 명의 집시가 더 와서 감시자와 합세했다. 주위에서 채찍과 곤봉이 휙휙 소리를 냈다. 엘리위젤은 발이 어디에 있는지 모르도록 마구 달렸다. 다른 사람들의 뒤에 몸을 숨기고 매질을 피하려고 몸부림쳤다. 봄볕이 따사로웠다.

"5열로 집합!"

아침에 보았던 재소자들이 한쪽에서 작업을 하고 있었다. 그들의 가까이에는 굴뚝의 그림자만 드리워져 있을 뿐 감시자는 없었다. 엘리위젤이 공상에 젖어 눈부신 햇살 속에서 멍하니 서 있을 때 누군가 소매를 끌어당기는 사람이 있었다. 아버지였다.

"얘야, 그만 가자."

행군은 계속되었다. 앞에서 몇 개의 문이 열리고 다시 닫혔다. 이제 전기철조망의 사이를 걷고 있었다. 한 걸음 옮길 때마다 해골이 그려진 하얀 팻말과 마주쳤다. 팻말에는 '경고! 죽을 위험이 있음.'이라고 씌어 있었다. 웃겼다! 죽음의 위험이 있는 곳이 저기 전기철조망뿐이란 말인가?

집시들은 다른 막사 근처에서 멈추게 했다. 그들은 모두를 둘러싼 친위대원들과 교체되었다. 친위대원들은 권총과 기관총 외에 경찰견을 데리고 있었다.

행군은 30분 동안 계속되었다. 주위를 돌아보니

철조망은 뒤쪽에 있었다. 모두는 수용소 밖으로 나왔던 것이다.

아름다운 4월의 화창한 날이었다. 봄의 향기가 대기 속에 충만했다. 해는 서산으로 지고 있었다. 조금 더 행군해 나갔을 때, 또 다른 수용소의 철조망을 보았다. 수용소 철문 위에는 이런 문구가 새겨져 있었다.

'노동은 자유다!'

아우슈비츠였다.

아버지의 거짓말

첫인상으로는 비르케나우보다는 나아 보였다. 목조 막사 대신에 콘크리트 2층 건물이 늘어서 있었다. 그리고 여기저기에 조그만 정원도 가꾸어져 있었다. 모두는 재소자들을 수용하는 구역 중의 한 곳으로 끌려가 입구 옆 땅바닥에 앉았다. 또 다른 기다림이 시작된 것이다. 이따금 그들 중에서 한 사람씩 안으로 들어가게 했다. 그것은 샤워를 시키기 위해서였는데, 이 수용소 안에서는 모든 건물 안으로 들어갈 때마다 샤워를 시키는 것이 하나의 필수적인 절차였다. 한 건물에서 다른 건물로 간단히 지나갈 때도 그때마다 하루에도 몇 번이고 목욕을 하게 되어 있었다.

뜨거운 물로 목욕을 하고 나온 사람은 밤공기 속에서 떨면서 기다려야 했는데 옷을 다른 건물에 벗어놓고 왔기 때문이었다. 그리고 다른 옷을 배급받게 되어 있었다.

나무로 엉성하게 우리처럼 만든 수용소 내부

한밤중이 되자 뛰라는 명령을 받았다. 간수들이 또 고함을 질러댔다.

"더 빨리! 빨리 뛰면 뛸수록 빨리 잠자리에 들 수 있다."

몇 분 동안의 미친 듯 질주한 끝에 또 다른 구역의 막사 앞에 당도했다. 담당 감시자가 기다리고 있었다. 그는 젊은 폴란드 사람으로 미소를 지어 보였다.

그가 이야기를 시작했다. 모두는 지쳐 있었지만 꾹 참고 그의 말에 귀를 기울였다.

"동지 여러분, 여러분은 아우슈비츠 집단수용소에 와 있습니다. 여러분 앞에는 긴 고난의 길이 남아 있습니다. 그러나 용기를 잃지 마십시오. 여러분은 이미 '선택'이라는 가장 큰 위험을 모면한 것입니다. 그러므로 이제는 낙담하지 말고 힘을 내십시오. 우리 모두 자유의 날을 볼 수 있게 될 것입니다. 삶에 믿음을 가지십시오. 무엇보다도 믿음이 중요합니다. 절망하지 마십시오. 그러면 여러분은 죽음을 면하게 될 것입니다. 지옥은 영원히 계속되지 않습니다. 이제 여러분에게 간청을-아니, 충고를 하겠습니다. 여러분은 동지애를 잊지 마십시오. 모두는 모두가 형제이며 우리 모두가 똑같은 운명의 시련을 겪고 있습니다. 우리의 머리 위에는 똑같은 연기가 감돌고 있습니다. 서로 도웁시다. 그것만이 우리가 살아남는 방법입니다. 이상으로 충분히 말씀드렸다고 생각합니다. 여러분은 지쳐 있겠지만 내 말을 들어주십시오. 여러분은 지금 17동에 수용돼 있습니다. 나는 여기에서 질서유지 책임을 맡고 있습니다. 어느 누구에게나 불만이 있는 분은 누구든지 나를 찾아주십시오. 이상입니다. 이제 잠을 자도 좋습니다. 침대 하나에 두 사람씩 자야 합니다. 편히 주무십시오."

처음으로 인간적인 말을 들었다. 모두는 침대로 올라가자마자 깊은 잠에 곯아 떨어졌다.

다음날 아침, '고참' 재소자들은 지금까지와는 달랐다. 그들은 야만스럽게 대하지 않았다. 모두는 세면장으로 갔고 새 옷도 지급 받았으며 블랙커피도 대접받았다.

아침 열 시쯤, 청소를 하러 막사 밖으로 나왔다. 바깥에는 햇볕이 따사로웠다. 모두가 사기는 많이 회복되어 있었다. 잠을 잘 잔 덕분이었다. 친구끼리 만나 몇 마디 말도 주고받았다. 이미 사라진 사람들에 대한 것만 말고는, 모든 것에 대해서 이야기를 나누었다. 대체적인 의견으로는 전쟁이 끝나가고 있다는 것이었다.

정오쯤이 되어 수프가 배식되었다. 모두가 걸쭉한 수프를 한 그릇씩 먹었다. 엘리위젤은 배가 고팠지만, 심하게 두통이 일어 수프에 입을 대지 못했다. 그는 아직도 언제나처럼 버릇없는 아이였던 것이다. 아버지가 대신 수프 그릇을 싹 비웠다.

막사의 그늘 속에서 짧으나마 낮잠을 즐겼다. 그 친위대 장교도 저 진흙탕 막사의 바닥에 틀림없이 누워 있을 터였다. 아우슈비츠는 실제로 휴식의 장소였다. 오후에 모두는 줄을 서서 정렬했다. 재소자 세 명이 책상 하나와 몇 가지 의료 기구를 가지고 왔다. 왼팔의 옷소매를 걷고 한 사람씩 책상 앞을 지나갔다. 세 '고참'들은 손에 바늘을 들고 왼팔에 번호를 새겨 주었다. 엘리위젤은 A-7713번이었다. 그 이후부터 그는 다른 이름을 갖지 못했다.

해질 녘에 점호가 있었다. 각 작업장에 나갔던 재소자들이 돌아왔다. 문 옆에서는 악대가 군대행진곡을 연주하고 있었다. 수만 명의 재소자들은 친위대원들이 그들의 번호를 확인하는 동안 줄을 서 있었다.

점호가 끝난 다음, 그들은 막사에서 흩어져 나와 최근에 호송되어 온 사람들 가운데에 혹시 친구나 친척, 이웃들이 있나 없나 찾아다녔다.

며칠이 지났다. 아침에는 블랙커피가 나오고 정오에는 수프가 나왔다. 셋째 날이 되었을 때부터 엘리 위젤은 어떤 종류의 수프건 게걸스럽게 먹어치웠다. 오후 6시에 점호가 있고 빵과 그밖의 것이 배식되었다. 모두는 9시에 취침했다.

아우슈비츠에 온 지 8일째가 되었다. 그 날 점호 때였다. 점호의 종료를 알리는 벨 소리만 기다리고 있었다. 그때 뜻밖에도 어떤 사람이 행렬 사이를 지나면서 묻는 소리를 들었다.

"여러분 가운데 혹시 시게트에서 온 엘리 위젤이란 사람 없습니까?"

엘리위젤을 찾고 있는 상대는 주름살이 많은 얼굴에 안경을 낀 조그만 사람이었다. 아버지가 대답했다.

"내가 시게트에서 온 위젤이오."

그 키 작은 사람은 눈을 가늘게 뜨고 한참 동안 아버지를 바라보았다.

"아저씨는 저를 알아보시지 못하는군요. -저를 못 알아보시는군요. 저는 아저씨의 친척입니다. 슈타인이라고 해요. 저를 벌써 잊으셨습니까? 슈타인이라고요! 앤트워프의 슈타인. 저는 라이젤의 남편이고 아저씨 부인이 라이젤의 아주머니가 되시지요. 아주머니께서는 종종 우리에게 편지를 보내셨어요. 아주 많은 편지였지요!"

그러나 아버지는 그를 알아보지 못했다. 그것도 무리는 아니었다. 아버지는 항상 유대인 사회의 공공업무에 바빴으므로 집안일에 대해서는 모르는 것이 많았기 때문이다. 아버지는 항상 바깥일에 정신을 두었었다. 언젠가 사촌 한 사람이 시게트로 찾아온 적이 있었다. 그녀는 머무는 동안 여러 차례 아버지랑 함께 식사를 했는데도, 아버지는 2주일이 지난 후에야 처음으로 그녀가 와 있다는 것을 알았을 정도였다. 그러니, 슈타인을 알아볼 리가 없었다.

엘리위젤은 즉시 그를 알 수 있었다. 그녀의 아내 라이젤을, 그녀가 벨기에로 이사 가기 전부터 알고 있었다. 그가 말을 이었다.

"저는 1942년에 추방되었어요. 아저씨가 살던 곳의 유대인들이 이곳으로 호송되어 왔다는 소식을 듣고 이렇게 찾아왔지요. 저는 아저씨가 라이젤과 제 어린 자식의 소식을 알고 계시리라고 생각했거든요. 아내와 자식은 제가 추방당할 때 엔트워프에 남아 있었어요."

엘리위젤은 그들에 대해 아무것도 모르고 있었다. 1940년 이후, 어머니는 그들에게서 단 한 장의 편지도 받지 못했었다. 그러나 거짓말을 했다.

"맞아요, 어머니는 그들에게서 소식을 듣고 계셨어요. 라이젤도 잘 있고 아이도 잘 있다더군요."

그는 기뻐서 눈물을 흘렸다. 그는 우리와 함께 더 있으면서 기쁜 소식을 실컷 듣고 싶어 했지만, 그때 친위대원 한 명이 다가왔으므로 떠나야만 했다. 그는 돌아가면서, 내일 다시 오겠다고 큰소리로 말했다.

점호의 종료를 알리는 벨이 울렸다. 모두는 저녁 식사로 주는 빵과 마가린을 받으러 갔다. 엘리위젤은 배가 너무 고팠으므로 음식을 배급받자마자 즉석에서 먹어치웠다. 아버지가 말했다.

"음식을 그렇게 한꺼번에 먹어버리면 안 된다. 내일은 사정이 다를지도 모르니까."

그러나 아버지의 충고는 너무 늦었다. 그의 손에는 아무것도 남아있지 않았다. 아버지는 아직 음식을 들기도 전이었다. 아버지가 말했다.

"난 배가 고프지 않구나."

건강진단은 아침 이른 시각에 바깥에서, 긴 의자에 앉은 세 사람의 의사 앞에서 실시되었다. 첫 번째 의사는 전혀 몸을 진찰하지 않았다. 그는 다만 질문하는 것으로 끝냈다.

"너 건강하지?"

누가 감히 그렇지 않다고 말할 수 있겠는가? 그러나 다음 차례인 치과의사는 아주 양심적인 사람으로 보였다. 그는 입을 크게 벌리라고 했다. 사실은 그가 찾고 있던 것은 충치가 아니라 금니였다. 금니를 가지고 있는 사람은 누구나 그의 번호가 명단에 기록되었다. 엘리위젤은 금 치관이 한 개 있었다.

첫 사흘은 재빨리 지나갔다. 그러나 4일째 되는 날 새벽에 전원이 천막 앞에 정렬해 있었다. 그때 간수들이 나타났다. 그들은 마음에 드는 사람들을 고르기 시작했다.

"너……. 너……. 너, 그리고 너……."

마치 상품이나 가축을 고르듯이, 그들은 손가락으로 사람을 가리켰다. 그들은 젊은 간수를 따라갔다. 그는 수용소 정문 근처의 첫 막사 입구 앞에 세웠다. 그곳은 관현악대의 막사였다. 그가 명령했다.

"들어가!"

다들 놀랐다. 음악과 무슨 관계가 있단 말인가?

악대는 언제나 똑같은 군대행진곡을 연주했다. 수십 개의 작업반이 행진곡에 발을 맞추어 작업장을 향해 출발했다. 각 작업반의 간수들이 구령을 붙였다.

"왼발, 오른발, 왼발, 오른발……."

친위대 장교들이 펜과 종이를 들고 작업장으로 나가는 사람들의 숫자를 세었다. 악대는 마지막 작업반이 지나갈 때까지 똑같은 행진곡을 반복해서 연주했다. 이윽고 악장의 지휘봉과 함께 연주가 멈추었다. 간수가 고함을 질렀다.

"5열로 정렬!"

모두는 행진곡도 없이 발을 맞추어 수용소를 떠났다. 그러나 귓전에는 아직도 행진곡이 들리고 있었다.

"왼발, 오른발, 왼발, 오른발……."

옆에서 걷고 있는 악사들에게 말을 걸었다. 악사들과 더불어 5열로 정렬해서 행진하고 있기 때문이었다. 그들은 거의가 유대인이었다. 줄리에크는 폴란드 출신으로 안경을 끼고 있었으며 창백한 얼굴에 냉소적인 미소를 짓고 있었고, 네덜란드 출신으로 유명한 바이올리니스트인 루이스는 베토벤을 연주하지 못하게 한다고 해서 불평이 대단했다.

유대인에게는 독일 음악을 연주하는 것이 허용되어 있지 않았기 때문이다. 그밖에 활달한 성격의 한

스는 젊은 베를린 시민이었으며 십장인 프라네크는 폴란드 사람으로 바르샤바의 대학생이었다.

줄리에크가 엘리위젤에게 말했다.

"모두는 이곳에서 멀지 않은 전기부품 창고에서 일한다. 우리가 하는 일은 조금도 힘들거나 위험하지는 않아. 하지만 간수인 이데크가 가끔 광기를 발작하기 때문에 골치야. 그럴 때는 그를 피하는 것이 상책이지."

한스가 미소를 지으며 말했다.

"넌 참 운이 좋은 거다. 좋은 반에 떨어진 거야."

십여 분 후에 창고 앞에 당도했다. 독일인 '고참' 군속 한 사람이 맞으러 나왔다. 그는 상인이 누더기 지폐를 받을 때에 짓는 표정으로 쳐다보았다. 악사들의 말은 맞았다. 일은 힘들지 않았다. 땅바닥에 앉아 나사못이나 전구, 그 밖의 자잘한 전기부품들을 헤아려야 했다. 간수는 하는 일의 중요성을 장황하게 늘어놓으면서, 일을 게을리 하는 사람은 그가 알아서 처리하겠다며 으름장을 놓았다. 새로 만난 동료들은 엘리위젤을 안심시켰다.

"겁낼 없어. '고참'의 눈치를 보느라 저렇게 말할 수밖에 없는 거야." (8집에 계속)

인민군 소굴로 간 피란 (2)

이 동 원

「시인정신」으로 등단, 공저:
『빗방울을 열다』 외

노래 교육을 받다

인민군이 묻는 대로 대답하니 가서 동무들을 데리고 오라고 했다. 나는 가까운 집에 사는 동무 3명을 데리고 왔다. 인민군은 그 아이들에게도 똑같은 질문을 하고 이렇게 말했다.

"이제 동무들은 김일성 장군님의 도움으로 새 세상을 만난기라요. 학교도 전철 타고 다니고 교과서도 공책도 옷도 모든 것을 공짜로 주실 것이니 동무들은 공부만 열심히 하면 되는기라요."

우리들은 그 말이 너무 좋았다. 사친회비도 못 내

고 학용품도 제대로 못 사고, 옷도 제대로 못 입고 다니는데 모든 걸 공짜로 김일성 장군이 다 준다니 얼마나 신나는 일인가.

인민군이 물었다.

"어린이 동무들 기분 좋지요?"

우리는 한 목소리로 대답했다.

"네, 네. 예!"

"그럼 장군님께 감사해야디요."

인민군은 손을 저으며 말했다.

"지금부터 노래를 배워서 장군님께 감사해야 합니다."

그러자 다른 여군이 두 손을 앞에 모으고 노래를 불렀다.

장백산 줄기줄기 피어린 자욱
압록강 굽이굽이 피어린 자욱
오늘도 자유조선 꽃다발 위에
역력히 비춰주는 거룩한 자욱
아~ 그 이름도 그리운 우리의 장군
아~ 그 이름도 빛나는 김일성 장군

만주벌판 눈바람아 이야기하라
밀림에 긴긴 밤아 이야기하라
만고에 빨치산이 누구인가를

절세의 애국자가 누구인가를

아~ 그 이름도 그리운 우리의 장군

아~ 그 이름도 빛나는 김일성 장군/(4절까지 중 2절생략)

여군이 2절까지만 가르쳤다. 이마저 기록하고 싶
지 않지만 6.25의 실상을 증언하기 위해 남긴다.

여군은 고운 목소리로 먼저 부르더니 지금부터 따
라 부르라고 하면서 한 소절씩 가르쳐 주었다. 나는
어려서부터 노래를 잘 불러서 동네잔치가 있을 때는
불려가서 노래를 부르고 용돈도 제법 받았다.

음성군에서 제일 큰 음성수봉국민학교는 매년 5월
어린이날 전교음악 콩쿠르대회가 열리는데 전교생
천백여 명으로 학급에서 남녀 각 1명씩 2명이 출전
을 하였다. 우리 반에서 남자는 나, 여자는 송숙자라
는 예쁜 동무와 한 달간 선생님의 지도하에 밤에는
선생님 집에서 연습을 하고 출전을 하였는데 여자
친구는 전교 2등을 하고 나는 4등을 했다. 3등까지
만 상품이 주어졌다. 나는 실망하여 교실로 들어와
풀이 죽어 있는데 담임선생님이 이렇게 말씀하셨다.

"이동명(동원)이 노래는 잘 불렀는데 태도가 너무
경직되어서 점수가 깎여 아쉽게 4등을 했지만 아주
잘 불렀으니 여러분 박수쳐 주세요."

이렇게 말씀하시자 반 친구들이 박수를 요란하게 쳐주었다. 나는 속으로 1등을 바랐는데 내가 노래를 부르러 무대에 서니 하필 내 앞이 3학년 학생들 자리라 우리 반 친구들이 손가락으로 나를 가리키며 이름을 불러댔다. 그래서 그들과 눈이 마주치자 그만 얼어 버려서 두 손을 다리에 바짝 붙이고는 꼿꼿한 자세로 앞만 보고 노래를 끝낸 것이 몹시 안타까웠다.

집으로 돌아오는 길에 같이 출전한 여자 동무는 내게 '미안해' 라고 했다. 그 순간 나는 더 창피하여 뒤도 안 돌아보고 왔다.

공산치하 3개 월

나는 이번에는 노래를 잘 불러서 칭찬을 받으려고 한 소절 한 소절을 정성을 다하여 따라 부르며 몸도 좌우로 흔들며 목청껏 소리를 냈다.

노래도 금방 외워서 가사도 정확히 부르자 가르치는 인민군 여자가 박수를 치며 어린이합창단에서 노래를 부르라고 칭찬까지 해주어 우쭐했다. 노래 공부가 끝나자 집에 가서 아버지 어머니도 모시고 함께 나오라고 했다. 나는 조금 전에 배운 노래를 신나게 부르며 집으로 돌아와 자랑을 했다. 아버지가 칭찬을 해 주실 줄 알았는데 그게 아니었다.

"나가서 회초리 하나 가지고 와!"

평소의 아버지답지 않게 화를 내시면서 회초리로 내 종아리를 때리시며 다짐하셨다.

"다시는 거기 나가면 안 돼. 알았어? 또 나가면 집에서 내쫓을 거다."

아버지한테 실망한 나는 그곳에 나가지 않고 하루 종일 뒷동산 골짜기에 파놓은 방공호로 가서 놀다가 밤에 집으로 돌아왔다. 방공호로 가는 길에는 성황당 고개가 있었다. 그 고개를 막 넘어서면 길가에 국군이 시체를 묻지 못하고 후퇴하면서 들것에 가마니를 덮어놓은 곳이 있었다. 그리고 방공호 맞은편에는 한자로 '팔로군 묘'라고 붓글씨로 쓴 팻말도 있었는데 그 길을 혼자 가려면 무서워 동무들을 데리고 다녔다.

2일쯤 지나자 동무가 방공호로 찾아왔다. 인민군이 없어졌다고 했다. 마을 마당에 나가 보니 정말 아무도 없었다. 동무와 같이 삼거리로 나가 보았다. 우리 반 동무 집에서 하는 제일 큰 홍아여관에 인민군대의 본부가 있는 것 같았다.

인민군 '선무공작대'라는 글씨가 보였는데 우리 동
네에 왔던 그런 군복 차림을 한 여자 인민군이 우글
거렸다. 나는 혹시 우리들한테 노래를 가르친 군인
이 있을지도 모른다는 생각에 겁이 나서 급히 집으
로 돌아왔다.

보위부가 생기고

읍내에서 인민군이 사라지고 나니 보위부란 간판
이 붙고 조금 지나자 붉은 완장을 팔에 찬 머슴, 행
상꾼, 건달, 배달꾼 등 주로 사회의 불만 계층에 있
던 사람들이 활개를 치고 돌아다녔다.

그때서야 주민들이 나와 돌아다녔고 마을에서는
남자들이 자주 모여 서로 정보를 묻고 하는 것 같았
다. 하루는 로터리(마을이름)과수원에 사시는 사촌매
형의 형님이 오셔서 아버지께 상의할 것이 있다면서
말씀드렸다.

"우리 과수원에서 이십 리 떨어진 평촌에 있는 과
수원 머슴이 붉은 완장을 차고 보위부 사람과 같이
와서 과수원을 접수하고 오늘부터 이 동무가 여기
관리인이니 짐을 옮기라고 해서 윗집을 내주고 아랫

집으로 내려왔습니다. 어떻게 해야 할지 모르겠습니다."

아버지는 일제 때 음성을 떠나서 강원도 춘천에서 일가를 이루시고 사업을 하시다가 대동아전쟁이 일어나자 모든 사업을 정리하고 철광석을 발굴하여 광산권을 총독부에 넘겨 많은 돈을 받아 가지고 죽어도 고향에 가서 죽는다고 이사를 하시어 음성군에서 유지로 대접을 받고 계셨다. (아버지는 초대 대통령 선거 때 공로로 이승만 대통령으로부터 건국공로 표창장을 받았음. 이 표창장은 가죽 트렁크 속에 넣어 1.4후퇴 때 피란지에서 트렁크 째 도둑맞음)

아버지는 느긋하게 말씀하셨다.

"절대로 반항하지 말고 시키는 대로 하면서 때를 기다리게. 그들의 세상이 오래는 못 갈 것이야."

그 해 여름에는 비가 다른 해보다 자주 오고 소위 반동분자들을 잡으러 다니는 완장 찬 빨갱이들이 밤낮으로 다니면서 설쳐서 젊은이나 배운 사람이나 군인가족, 경찰가족들은 땅굴이나 마루 밑에 땅을 파거나 다락에 숨어 지내느라 전전긍긍 하루하루를 힘겹게 버텼다. 날마다 여기저기서 인민재판을 열어 그 자리에서 몽둥이로 때려 죽였다는 소문이 돌았다.

7월 중순부터는 마을사람들을 밤에 나오라고 해서 소위 사상교육을 시켰는데 빠지는 사람은 반동으로 분류한다는 소문에 어쩔 수 없이 나가서 교육을 받았다. 그런 가운데 젊은 사람들 중에는 징용으로 끌려가는 것을 피하려고 시키는 대로 협조하는 사람들이 늘어났다.

연초 건조장에서 멍석을 말아서 인민군의 의자가 되었던 사촌형님도 그들의 지시대로 움직이는 협조자 일을 하게 되었다고 사촌형수는 어머니께 와서 걱정을 하며 주로 하는 일이 반동분자들 감시하는 일을 한다고 했다.

형님이 수시로 우리 집에 오셔서 아버지와 대화를 나누곤 하였는데 보위부에서 어느 집은 언제 나간다는 정보를 몰래 가서 미리 전해 준다고 했다.

8월부터는 우마차가 있는 집들은 사람과 우마차를 징발하여 전쟁터로 곡식과 부식을 싣고 짚으로 덮어 비행기를 피하려는 위장을 하고 밤에 남쪽으로 인민군의 경비를 받으며 떠났다.

우리 앞집 방앗간과 사촌 매형네 과수원, 그리고 대농을 하는 집들의 우마차들이 모두 징발되어 나갔다가 4일 만에 돌아왔는데 절반도 돌아오지 못했다. 도중에 비행기 공습으로 마차와 소는 죽고 사람만 돌아오기도 했다. 8월 들어서 쌕쌔기라고 이름 붙은 비행기들이 자주 와서 다리라는 다리를 다 폭격하여 부수고 경찰서와 군청도 폭격했다.

하루는 보위부 인민군이 시내를 가다가 쌕쌔기를 만나 급히 고등학교 교장 관사 돌담 호박 덩굴 속에 숨었는데 그걸 본 쌕쌔기가 돌아와 거기다가 기총소사를 했다. 그 인민군이 총에 맞아 죽어 끌어다 땅에 묻었다며 현장을 보고 온 이웃 아저씨가 동네 사람들한테 전해 주었다.

나는 학교가 궁금하여 가 보았다. 교실마다 일련번호가 붙어 있는데 우리 반 교실에는 43이라는 숫자가 붙어 있었다. 교무실에는 사범학교를 갓 졸업하고 3월에 오신 남자 선생님과 여자 선생님이 와서 빨간 완장을 찬 사람들과 무엇인지를 열심히 이야기하시다가 나를 본 선생님이 이제 곧 학교에 등교하게 될 거라고 하셨다.

8월 말에 접어들면서 밤이면 이천 장호원 쪽에서 물건을 싣고 우마차가 수시로 지나가고 밤에는 많은 사람들이 마른 짚을 한 다발씩 옆구리에 끼고 도로 양옆으로 줄서서 청주 방향으로 내려갔다. 어른들 말씀은 젊은 사람들이 징용으로 끌려가는 거라고 했다.

9월이 되자 조가 익어서 고개를 숙여 수확시기가 다가왔다. 하루는 보위부에서 두 사람이 나와 오백 평에 심은 조 가운데 제일 크게 여문 한 송이를 따더니 그걸 비벼서 약주 종지에 담아 보고 수량을 적더니 밭고랑 수와 고랑 길이를 측정하고 갔다. 어른들 말씀이 수확하면 공출하라는 기준 자료를 해가는 거라고 했다.

중순에 접어들면서 보름달이 뜨면 이웃 아줌마들이 우리 집으로 와서 대야에 물을 담아 손거울을 물에 넣고 물속 거울에 비친 푸른 색깔이 많으면 국군이 이기고 있다면서 좋아들 하셨다.

그러다가 어느 날부터 마을이 술렁이기 시작했다. 유엔군이 진격해 올라오고 있다며 이럴 때일수록 조심해야 한다고 외출도 자제하고 먼 길도 떠나지 않았다.

중순이 지날 무렵 보위부에서 마을의 지식인 소재

를 파악한다는 소문이 돌았다. 그간 숨어 있던 사람들이 산 속으로 피신을 하고 협력자들도 짐을 싼다는 소문이 돌았다. 사촌 형님이 밤중에 집에 왔다.

아버지 어머니께 인사하러 왔다고 했다. 아버지가 단호히 말씀하셨다.

"너는 그동안 다니면서 감시자들에게 피신하라고 일러주었으니 수복이 되어 부역자들 조사할 때 그 사람들이 증인으로 나서 줄 것이다. 아무 걱정 말고 집으로 가지 말고 우리가 쓰던 방공호로 가서 연락할 때까지 꼼짝 말고 있거라."

한밤중에 담 너머에서,

"외삼촌 저 갑니다, 안녕히 계셔유."

하는 소리가 들렸다. 괘종시계를 보니 밤 1시였다. 아침이 되자 여기저기서 동네 사람들이 모여 밤 사이에 누구네 아들이 북으로 갔다며 웅성거렸다.

우리 마을에서도 고종사촌 큰형님과 큰집에 세든 청년 등 여섯 명, 우리가 피란 간 진외가의 청주농고 교사인 작은 아저씨 그리고 백마 타고 온 군인 형님 바로 아래 동생 등이 다 장가들어 자녀를 한둘씩 두고 있었는데 북으로 갔다.

패잔병 인민군

큰 도로에 나가 보니 인민군이 걸어서 충주 쪽으로 길게 늘어서 가는데 옷은 남루하고 총도 없이 가는 사람, 부상 입은 팔에 붕대를 감고 가는 사람, 장총이 길어서 땅에 질질 끌고 가는 사람, 철모가 아닌 모자를 썼는데 낡아서 구멍이 나고 발에는 소위 지까다비를 신었는데 옆구리가 터진 것을 신은 사람 등등 가지가지였다. 다음날도 인민군이 떼를 지어 가고 있는데 모두가 지쳐 시들시들 걸었다.

마지막으로 부상자들을 마차에 태워 충주 쪽으로 가고는 끝으로 더는 보이지 않았다.

국군 선발대가 차를 타고 충주 쪽으로 올라갔다는 소식은 온 읍내에 퍼지고 하룻밤이 지나자 이른 아침에 젊은 청년들이 우리 집으로 아버지를 찾아와서 아직 경찰들도 오지 않고 치안이 공백 상태라 치안대를 조직했으니 아버지께서 자치대장을 맡아 달라고 청했다. 아버지는 흔쾌히 승낙하시고 그들과 함께 음성 군내를 다니시면서 면단위 치안대를 조직하고 경찰이 복귀하기까지 활동을 하셨다.

학교에서 등교하라는 소집통보를 받고 3개월 만에

학교에 가니 안 나온 학우도 있고 무엇보다도 이정희 담임선생님이 안 보였다. 보위부에 협조하던 두 선생님도 보이지 않았다.

여자 친구 송숙자도 보이지 않았다. 옆반 선생님이 오셔서 종례를 마치고 귀가 도중 그 애네 집에 가보니 집이 비어 있었다. 옆집 어른들께 물어보니 그 집은 빨갱이라 식구가 모두 밤중에 도망갔다고 했다.

우리 집에는 백부모님이 일찍 돌아가셔서 조카 남매를 춘천에 데려다가 성장시켜 출가시킨 사촌 누님이 경찰 시동생이 피란을 못 가고 보위부에 잡혀 반동분자로 인민재판에서 가족들이 보는 앞에서 총살하는 것을 본 사촌매형이 충격을 받아 돌아가셔서 어린 아들 둘을 데리고 청상과부로 우리 집으로 돌아오셨다.

그해 가을은 월북한 가족은 빨갱이 집이라는 손가락질을 받고 겨울 1.4후퇴 때는 너도나도 남쪽으로 먼저 피란 가느라 분주했다.

우리 가족은 후생사업을 나온 군 트럭을 이용하여 큰집, 고모네 집, 사촌매형 가족 등 40여 명의 대가족은 청주까지 가고 충남 연기군 군남면 금촌리까지 걸어가 겨울까지 피란 생활을 하고 봄에 돌아왔다.

후기

* 사촌형님은 아버지 말씀대로 집으로 돌아가지 않고 방

음 성 감 우 재 전 승 비

공호에 숨어서 납북되지 않고 경찰 복귀 후 무혐의 처
분 받고 군에 입대했음.
* 백마 타고 오셨던 형님은(화랑무공훈장 받음) 중령으로
진급하여 대대장으로 부대 이동시 교통사고로 순직하셨
음.

* 위 형님의 바로 아래동생은 북한에서 김일성종합대학을
  졸업 후 평양시청에서 근무하다 대남 공작원으로 남한
  의 자기 형님 육군 대대장을 포섭하라는 지령을 받고
  남하하여 보니 이미 포섭대상이 죽어 없어지자 자수하
  고 정부에서 인천 고속도로 소장으로 근로감독관으로
  옮겨 정년퇴직하고 사업가로 사심.
* 수복 후 학교에서는 보위부에서 흔히 쓴 동무(아버지
  동무 아저씨 동무 등) 사람을 부를 때마다 동무를 넣어
  동무란 말이 빨갱이들 말이라고 우리 학교 교가 가사에
  동무를 빼고 동무 대신 학생 수를 넣어 우리 이천 바꾸
  고 동무라는 말을 친구로 바꿔서 불렀음.
* 음성 감우리 고개에는 그때 전투에서 승리한 기념비가
  공원 안에 세워져 있음.(사진)

* 음성수봉초등학교 뒤 충주로 가는 도로에 충혼탑이 있는데 사
  촌형님의 계급과 이름이 새겨져 있음.

이동원

1999년
『시인정신』으로 등단, 공저: 빗방울을 열다 외

스페인 전래 명언

김 홍 성

온전한 사람은 하는 모든 것에 당당하다.

사람들이 당신에게 매달리게 하라.

자기 장점을 다 드러내지 말라.

결점을 고칠 수 없다면 숨겨라.

하나라도 배울 게 있다면 그는 스승이다.

의도가 한눈에 파악되지 않게 하라.

예측 가능한 사람이 되지 말라.

노력보다 시대를 읽는 힘이 더 탁월하다.

재치 있는 한 마디가 진지한 가르침을 앞선다.

가장 중요한 진실은 항상 절반만 전해진다.

책의 가치를 두께로 평가하지 말라.

책읽는 사람을 가까이 하라.

의심스러울 때는 운이 따르는 사람 곁에 서라.

남의 일에 자신을 잃어버려서는 안 된다.

늦기 전에 탁월한 출처를 알라.

행운이 보이면 과감하게 도전하라.

말 한 마디에 무너지지 않도록 하라.

행운의 여신을 너무 오래 시험하지 말라.

인생의 모든 순간을 즐기는 법을 알아야 한다.

호의를 얻으려면 먼저 호의를 베풀어야 한다.

과대평가는 지식과 안목의 부족함을 드러낸다.

침묵을 통해 말의 힘을 축적하라.

영웅만이 영웅을 알아본다.

간계를 쓸 때는 절대 들키지 말라.

불행을 극복기보다 처음부터 피하는 게 낫다.

내면이 얕으면 겉만 화려한 자들에게 속는다.

현자는 자신에게 가장 엄격하다.

무엇을 선택하는지가 자신의 운명을 결정한다.

근면함은 경솔함과 신중함 사이에 있다.

용기는 칼 같아서 신중한 칼집속에 있어야 한다.

기회를 얻으려면 시간 검증을 극복하라.

비슷한 점이 있으면 마음을 얻을 수 있다.

무모함으로 얻는 것은 소득이 아니다.

유머는 난국을 벗어나는 힘이 있다.

진실이 사실대로 전달되는 경우는 드물다.

극단으로 가면 바닥이 드러난다.

우매한 친구한테 얻는 유익보다 현명한 적한테 얻는 유익이 크다.

횃불은 밝을수록 밝고 빨리 꺼진다.

모르는 척 넘어가는 아량이 상대를 넘어뜨린다.

자신을 알지 못하면 스스로 주인이 될 수 없다.

높이 날수록 넓은 시야가 넓어진다.

남한테 한눈에 파악되는 존재가 되지 말라.

가장 실험적인 지식은 전체 의도를 감출 줄 아는 것이다.

겉모습이 별로면 실제로 의도가 좋아도 부족해 보인다.

진정한 지식자는 속임수를 깊게 분석한다.

세상의 절반이 당신을 외면해도 당신을 인정해줄 사람이 있다.

큰 행운을 맞기 전에 먼저 패망에 대비하라.

당신의 지위에 맞는 위엄을 갖추라.

남 다스리기가 나 자신을 다스리기보다 힘들다.

좋은 말은 간결할수록 두 배로 좋아진다.

존경은 받으려 들수록 더 받기 어렵다.

사나운 기질을 누르지 못하면 죄를 만든다.

남이 등을 돌릴 때까지 기다리지 말라.

친구는 바로 나의 변신이다.

악천후와 역경 대비는 잘 나갈 때 해야 한다.

사람의 마음을 얻는 일보다 위대한 일은 없다.

열린 사람 사이에는 비밀이 없다.

비난의 암초를 피하려면 자기 자랑을 삼가라.

겸손은 비용이 안 들면서 가치가 크다.

생각과 취향은 나이와 시대에 따라 변한다.

현명한 사람은 자기 장점을 자랑하지 않는다.

당신이 일을 찾는 게 아니라 일이 당신을 찾도록 해야 한다.

남의 흠을 들춰내어 자기 흠을 덮지 말라.

친구 사이라도 수치는 숨겨라.

불평은 바로 명성을 떨어뜨린다.

고결함은 복수할 기회에 행동으로 드러난다.

무엇을 줄까보다 어떻게 줄까를 더 생각하라.

집요함이 지나치면 어리석은 분노만 남는다.

김홍성

여의도순복음교회 22년 시무
기독교 대한 하나님의성회 교단총무
현) 상록에벤에셀교회 담임목사

종교의 예술 창조

이 상 열

모든 종교는 예술을 창조한다.

세상에는 다양한 종류의 종교가 있고, 그 종교들은 그 나름대로의 예술로 꾸며져 있다. 고래로부터 종교와 예술은 불가분의 밀접한 관계를 가지고 있으며 유구한 역사를 이어오고 있다.

흔히 종교와 예술은 밀접한 관계가 없는 것처럼 생각하지만 예술은 종교로부터 이루어지지 않으면 진정한 예술의 존재도 의미도 없다.

불교의 불상과 가톨릭의 성모상은 조각, 사찰 벽에 그린 탱화와 칠성탱화, 가톨릭 성당의 다양한 성화가 미술적 예술이고 성당과 교회에서 부르는 찬송가는 음악 예술이다.

그리고 절에서 불공을 드리며 절하는 것이나 성당에서 드리는 미사, 교회에서 행하는 예배는 모두 행위예술이라 할 수 있다.

특히 프로테스탄트 기독교 예술은 예수로부터의 사상을 드러내지 않고서는 종교로서의 가치를 상실하게 될 우려가 크다.

　종교 예술을 떠난 인류가 남긴 문화유산이라고 생각하는 모든 예술은 종교로부터 형성된 것들이었다. 또 인류는 거기서부터 새로운 삶을 추구해 왔다. 인류에게 큰 발자취를 남긴 유물이 기독교 문화라고 해도 과언이 아니다.

　기독교 예술의 근간이 되는 사상의 중심에는 성서가 받치고 있다. 성서는 하나님의 말씀으로 받아들이지만 책으로서의 성서는 성서기자들에 의해 쓰인 기록 예술이라고 할 수 있다.

　교회에서 행하는 예배의식은 일종의 연극 연출행위라고 해도 무리는 아니라고 생각한다. 일부 기독교인들은 예술이 어떻게 성서를 대신할 수 있겠느냐고 반박한다. 그것은 우리가 수세기 동안 하나님 앞에 행하는 거룩한 것으로만 생각해 왔고 그것이 일종의 예술행위라는 관점에서 보지 않았고 그렇게 생각해 왔기 때문에 현대에 있어 우리 기독교의 예술이란 세속적인 것이라고 생각하다.

　시편이나 찬송만으로도 하나님을 찬양하는데 조금도 부족함이 없다고 여겼고 그런 고정관념이 예술과 문화라는 측면을 도외시하게 된 연유라고 할 수 있다.

그래서 아직도 많은 기독교인들은 예술이 기독교에 미치는 영향에 대하여는 무관심한 상태다. 성서 그 자체가 예술이라는 것도 받아들이지 못하고 있다. 이러한 문제를 고찰해보고자 한다.

인간의 최대 관심사는 생사에 관한 궁극적 의미를 찾았고, 삶에 대한 의문은 종교를 낳게 되었다. 그래서 인간은 종교에 관해서라면 비상한 관심을 쏟는다. 그만큼 인간의 삶과 종교는 밀접한 관계가 있기 때문이다. 그러나 어떻게 예술과 종교가 깊이 관련해 있는가에 대해서는 관심이 없는 편이다.

종교와 예술은 별개의 것이고, 서로 양립하여 있을 뿐 영원히 합일 될 수 없는 것으로 생각한다. 그런가 하면 예술의 영역에서도 기독교 예술이라는 그 자체마저도 도외시하려 하고, 우리가 일반적으로 일컫는 예술과도 전혀 다른, 즉 종교의 부산물 정도로 취급하려고 한다.

그런 와중에서 기독교 예술인들은 의중을 잃지 않고 종교적 의미를 심미적으로 표현하고자 노력하고 있다.

예배인도자는 보다 훌륭한 설교를 하고 싶어 하고 미술, 조각, 음악에 조예가 깊은 성도들은 교회를 더욱 아름답게 꾸미고 싶어 한다. 그 심리가 성경적이고 모두 기독교 예술적 발로이다.

최초 인간의 심적 표현은 종교에서 비롯되고 있다. 이러한 심적 표현이 마침내 예술이라는 패러다임으로 형성되고 새로운 미학으로 발전할 수 있는 계기를 이루고 있다.

미학은 기원전 5세기까지의 그리스도인들의 건축과 조각, 시와 연극 등의 표현형식에서 보여주고 있다. 그래서 미학은 그리스에서 시작되었다고 보며 특히 그들의 '시적 세계에의 창성(創成)'은 미학의 시작이라고 보기도 한다.

미학(Aesthetik)이라는 말은 철학의 한 갈래로 바움가르텐(A.G.Baumgarten, 1714-62)에 의해 새로운 학문으로 등장하기 시작했다.

그는 '시에 관한 몇몇 철학적 성창'(Meditationis Phlosophicae denonnullis de poema pertinentibus)(1737년)에서 이를 처음으로 나타내고 있었다.

여하간 미학과 예술은 궁극적으로 '미(美)'에 관한 것이기는 하지만, 미학은 미적 영역 안에서 계시되는 철학적 물음들을 해결하고, 그러한 개념들을 분석하는 학문을 말한다. 그런데 예술은 '표현'이 바로 그것이라고 할 수 있다.

모든 미적 대상은 반드시 미학에만 있는 것은 아

니다. 어디까지나 예술이 우리들 삶에 어떠한 역할을 담당하고 있는가에 있다.

인간의 표현 방식 ①

예술의 시원은 그것이 자연적인, 아니면 초자연적인 힘의 위대함을 재현해 내려는 인간의 노력으로 어떤 종교적 의식과 제식에서 시작되고 있다.

그리고 이러한 의식은 무용, 춤, 노래 등을 동반하게 되었으며 그것은 현대적인 연출은 아니지만 어떤 형식을 갖춘 것으로 어느 측면에서는 예술(드라마) 그것이기도 했다. 그러니까 예술(연극)은 인류의 역사와 더불어 시작된 것이라고, 또 그러한 예술은 바로 인간의 내면적 표현의 갈등을 표현한 것이기도 했다.

최초의 심적 갈등은 자연 안에서의 '혼자서기'에 있었다. '홀로서기'란 그들의 고독성을 말하며 이 고독성 속에서의 외침은 인간이란 자연 안에서의 혼자라는 것을 넘어 새로운 세계를 바라보게 하였다. 그 힘은 예술로 표현되기 시작했다.

예술이 종교와 밀접한 관계를 가질 수 있었던 것도 바로 그러한 관계 때문이었고, 나아가서 인간의 정신적 열망과 통찰력을 나타낼 수 있었기 때문이었다.

특히, 종교는 예술을 필요로 했다고 본다. 그것은

예술이 현실적이고, 추상적이며 그리고 신비한 세계까지도 파고 들어갈 수 있고, 인간의 창조성과 모든 경험을 융합시킬 수 있는 유일한 행위의 표현이었기 때문이기도 하다.

최초의 인간은 언어의 규정이 없었기 때문에 상호 원만한 의사 소통이 불가능했다. 그러나 완전히 불가능했던 것은 아니었다.

자연으로부터의 자기보호와 방어의 수단은 인간 초유의 바디랭귀지, 즉 동작 표현으로 해결했다고 볼 수 있다. 비록 언어적 매체는 구사하지 못했지만 그러한 표현 동작은 언어의 매개 표현과 유사한 것이었다. 그들의 세계를 표현하기에는 그것만으로도 충분했다.

동물에서 보듯이 동물들은 언어가 없지만 서로의 의사를 소통하고 있다. 인간처럼 동물이 언어 매체를 가지고 있지 않다고 해서 그들이 의사 소통을 할 수 없다고 한다면 동물들은 그 나름의 공동체를 형성할 수 없을 것이다.

동물들은 언어라는 매체가 없어도 그들의 의사를 전달하고 그들만의 공동체를 형성하고 살아간다. 따라서 최초의 우리 인간도 서로 의사를 전달하기 위해 동물적 행위의 표현, 즉 몸짓이나 손짓 등에 크게 의존했을 것으로 생각된다.

자연 숭배의 행위를 학술적으로 정의한다면 그것이 바로 행위예술이라 할 수 있다. 이렇게 해서 시작된 예술이 그 범위와 깊이를 더해 가면서 자연과 경쟁할 것을 시도하지도 않았다는 것과, 또 예술이라는 것이 자연현상의 표현에 집착하기는 했지만, 그 자체의 깊이, 그 자신의 힘을 가지고 있었다는 괴테의 말에 귀를 기울일 필요가 있을 것 같다.

그것은 이 표현적 현상 속에 합법성의 성격, 조화적 비례의 완전, 미의 극치, 의미의 중요성, 열정의 높이를 인지함으로써 이 표현적 현상들의 최고 계기를 결정화한다고 괴테는 보고 있기 때문인데 기독교는 하나님이라는 주변국들의 우상숭배에 대상이 되는 신들과는 다른 신으로부터의 계시에 의해서 인간의 행위가 결정된 초현실세계로부터 인간의 고독성에서 시작되고 있다. 그리고 그들의 표현 방식은 하나님으로부터 계시에 의한 로고스(logos), 즉 하나님의 말씀으로 시작되었다.

이상열

* 「수필문학」 등단, 저서 『기독교와 예술』 외 다수, 한국문인협회 회원, 바기오예술신학대학교 총장 역임, 한국문화예술대상, 환경문학상, 현대미술문화상 외, 극단 '생명' 대표/상임연출, 로빈나무문화마을 대표

의학서 독후감

면역혁명

최 강 일

대한민국을 대표하는 정신과 의사이자 뇌과학자이신 이시형 박사님의 「면역혁명」이란 책을 읽고 요약하여 소개하고자 한다. 발병은 면역력 부족에서 온다는 것으로 의학 용어 중심으로 정리해 보았다. 한국인의 기대수명은 83세인데 건강수명은 73세라니 노년기에는 평균 10년간 앓고 지낸다는 통계다.

자연치유력 : 인체는 스스로 치유할 수 있는 능력을 가지고 있다고 한다. 면역력은 장에서 70%, 뇌에서 30% 가량 만들어지며 대장점막을 활성화하는 장내 유익균이 매우 중요하다고 한다. 심리상태는 긍정적이어야 하고 생활습관도 자연친화적이고 규칙적으로 적절한 운동을 함으로써 자연 치유 효과를 볼 수 있다고 한다.

장내 유익균의 좋은 먹잇감 : 발효식품(김치, 요구르트, 청국장, 장류), 올리고당, 통곡물류, 채소류, 콩류, 과일류 등. 인간의 몸에서는 하루에 약 5천 개의 암세포가 생기지만, 몸 안의 NK세포가 킬러T세포와 함께 이들을 제

거함으로써 암이 발생하지 않게 된다. 면역의 주력세포
는 백혈구가 그 역할을 한다.

면역력 : 정신계, 신경계, 내분비계, 면역계의 합동으
로 몸에서 증진된다.

항체 : 외부에서 병균(항원)이 침입하면 이를 퇴치하
기 위해 몸에서 항체가 만들어지며 그 항체는 고유 항원
에만 작용한다.

자연 면역력을 강화하는 비결 : 유기농산물 섭취, 무
리한 생활을 하지 않기, 건강한 생활환경 조성, 좋은 생
활습관 들이기, 미네랄 등 좋은 영양섭취, 적절한 운동
의 습관화, 몸의 요구에 신경 쓰면서 휴식을 제때에 취
하기, 보람 있는 일을 함으로써 활기차고 긍지가 넘치는
생활하기, 식사량을 80% 정도에서 멈추고 적당히 소식
하기 등.

건강체온 유지 : 체온과 면역시스템은 밀접한 연관을
갖고 있다. 건강체온은 36.5~37도가 적절하고, 이보다
낮은 체온은 면연력 약화를 초래한다. 체온이 1도 떨어
지면 면역력은 30%가 떨어지고, 대사량도 12%나 떨
어진다. 몸이 아플 때 몸에서 열이 나는 것은 몸을 따뜻
하게 유지해서 병원균을 퇴치하려는 방어본능 때문이다.

스트레스 대처법 : 스트레스는 면역체에 치명적인 영
향을 미친다. 피할 수 없으면 과학적으로 대처하라. 스

트레스는 주관적이라서 마음가짐이 매우 중요하다. 감사하는 마음은 가장 강력한 스트레스 해소제이다. 감사하는 마음을 가지면 행복호르몬 세로토닌이 생긴다. 창조적인 일에 몰두하거나 자부심과 긍지가 넘쳐나면 스트레스도 사라진다. 매사 긍정적으로 생각하고 일상 속에서 마음의 여유를 갖는 것이 중요하다. 적당한 스트레스는 생활에 긴장감을 주어 능률을 올려주고 자극제가 되기도 한다. 명상도 면역력에 중요한 영향을 미친다. 명상을 통해 마음을 안정시키면 자율신경의 균형이 잡히고 면역시스템이 활성화된다. 감동해서 흘리는 눈물은 웃음보다 6배의 강력한 면역력 증강의 효과가 있다.

세로토닌의 효과 : 정신적 안정감을 느끼고 행복하고 밝은 기분을 들게 한다. 자율신경의 균형을 잡아준다. 집중력, 기억력을 좋게 해준다. 활기차고 의욕적인 상태로 만들어 준다. 식욕을 돋우고 혈액순환을 촉진하고, 호르몬 대사 기능을 원활하게 해준다.

바이러스 종류 : DNA바이러스—바이러스에 들어 있는 유전체가 유전자 정보만 갖고 있는 DNA로 구성된 바이러스로 돌연변이가 잘 일어나지 않는다. 복제 과정에서 생기는 오류를 교정하는 시스템이 있다.

RNA바이러스 : 유전자 정보를 전달하는 역할을 하는 RNA로 구성된 바이러스로 복제시 잘못이 일어나면 바로 돌연변이로 이어진다. 그래서 변종이 잘 발생한다. 코로나19는 사스의 변종이라고 한다. 백신을 개발해도 돌연변이로 생겨난 변종에는 효과가 없다.

식이섬유의 주요 기능 : 장청소, 혈당치와 콜레스테롤 억제, 독소제거, 유해균 퇴치, 변비예방, 장내 유익균 먹이, 암 예방, 면역력 증강.

5대 영양소 : 탄수화물, 단백질, 지방질, 비타민, 미네랄(칼륨, 칼슘, 마그네슘, 인)

미네랄의 기능 : 미량이지만(4%) 우리 몸에 꼭 필요한 영양소이다. 4대영양소의 체내 흡수를 돕는다. 골격과 치아, 혈액을 형성한다. 비타민의 활성화를 돕는다.

효소 : 소화작용, 대사과정에 역할을 한다. 분해, 배출, 해독, 살균, 혈액정화, 면역력 증강의 역할을 한다. 과식을 하여 소화시키느라고 너무 많은 효소를 사용하면 대사흡수가 잘 되지 않는다. 잠재효소 양은 유전적으로 타고난다. 체내 효소를 충분히 갖고 태어나면 장수하게 된다. 소화효소와 대사효소의 비율은 1:3 비율이 건강한 상태이다. 일정량 있는 효소를 아껴 써야 한다. 폭식, 주전부리, 소화습수가 힘든 음식은 피해야 한다.

면역력 강화 식사법 : 골고루 먹는다. 천천히 식사한다. 30회 정도 씹는다. 식사시간은 30분 이상 쓴다. 과식을 하지 않는다. 80%정도만 배를 채운다. 제철 음식을 먹으며 신선한 유기농, 친환경 식재료를 사용한다.

장내세균 : 500종 이상, 1000조 개 이상이 장내에 서식. 유익균, 중간균, 유해균 중간균은 장내 사정에 따라 유익균이 되거나 유해균도 된다. 유익균이 많아야 중간균도 유익균으로 바뀐다. 식이섬유, 저지방식, 양배추 초절임, 발효식품, 콩류, 채소류, 과일류 등이 좋다.

암 예방에 좋은 식품류들 : 정신적으로 먼저 암을 이기면 암을 극복할 수 있다.

1. 마늘, 양배추, 콩, 생강, 당근, 샐러리
2. 양파, 차, 강황, 현미, 통밀, 감귤류, 도마도, 가지, 피망, 부로콜리
3. 오이, 감자, 보리, 딸기류, 식물성발효식품 등

체온을 높이는 식품들 : 생강, 고추, 양파, 아몬드, 육류, 어패류 등 육류는 하루 40~60g, 어류는 하루 40~100g 정도가 적당.

장내 세균 : 장과 뇌는 연결되어 있다. 장내세균은 세로토닌, 도파민 등 뇌 신경전달물질의 전구물질을 만들어 뇌로 보낸다. 유산균이 만든 행복물질인 도파민, 세로토닌의 전구물질은 혈액 뇌관문을 쉽게 통과한다.

유기농 농사법 : 농약, 화학비료를 일체 쓰지 않는 농사법 친환경 농사법—농약을 안 쓰되, 비료는 허용치의 30%이내 사용하는 농법

쿠바의 기적 : 1990년 소련이 붕괴되면서 농약, 비료 등 러시아의 원조가 끊기자, 10년간 쿠바인들은 전통적인 유기농법으로 농사를 지어야 했다. 그러자 결국 식량 자급률이 40%에서 104%로 상승되었고, 농가소득이 증대되고, 국민들 건강상태도 좋아졌다. 유기농 건강식을 실천하자 환자도 30%나 감소하는 결과를 얻었다.

한식의 장점 : 김치, 된장, 고추장, 간장 등 발효식품을 섭취하고, 산나물 등 채소류를 많이 먹고, 양념문화가 발달되어 다양한 조리법으로 건강식을 많이 실천하고 있다.

최강일

「한국크리스천문학」, 수필등단, 한국크리스천문학기협회 회원, 고려대학교 영어영문학과 졸업, 남강고등학교 교사로 정년퇴임, 옥조근정훈장 대통령표창 수상

일본을 모르고 아는 체하지 말자

일본을 우리가 이길 수 없는 경쟁자라고 생각하면 안 된다. 일본을 바로 알고 거기서 배울 것은 배우고 우리의 결함을 알고 고치고 시정하면 우리가 일본을 능가할 수 있다.

일본을 미운 나라로만 알고 증오할 것이 아니다. 일본인의 가치를 높여주는 몇 가지 구체적인 사례를 들어본다.

일본 거리에는 바람에 날린 가랑잎 하나도 광장에서 볼 수 없고, 담배꽁초 하나도 거리에서 구경할 수 없다. 그들은 작은 비닐봉지를 주머니에 넣고 다니다 씹고 난 껌이나 휴지는 봉지에 넣는다.

주택가와 관광지, 시내 도심과 고속도로에서 수입 외제차량을 돌아보아도 볼 수가 없고 일본 제품 차들 뿐이었다.

우리나라는 어떤가? 열대 중에 외제 수입차가 과반이다. 그에 비하면 자유무역 협정이 무색하도록 철저한 배타 주의적 일본 민족성이 무섭게 느껴진다.

등굣길에 횡단보도를 건너는 시골 초등학교 어린

이들의 모습을 보면 고학년의 큰 학생들이 횡단보도 양쪽에서 깃발을 들어 차를 세운다. 길 양쪽에서 저학년 어린 학생들이 줄지어 멈춰 선 차량 앞을 지나며 차를 향해 고개를 숙여 감사의 인사를 하고 고사리 손을 흔들며 줄서서 질서정연하게 길을 건넌다.

그리고 아이들이 길을 다 건넌 것을 확인한 기사들은 웃으며 경적으로 답례를 한다. 이 얼마나 인간의 가치를 존중하는 아름다운 사회 시민 정신인가!

이는 일본 어린이들의 사회교육에 관한 극히 일부분을 예로 든 것이다. 등굣길을 지켜본 가이드의 보충 설명 중에 '오.아.시.스'란 말이 새로웠다.

오 : 오하요우 고자이마쓰(아침인사, 안녕하세요).

아 : 아리가또우 고자이마쓰(감사합니다).

시 : 시쯔레이 시마쓰(실례합니다).

스 : 스미마셍(죄송합니다).

어린아이에서부터 어른에 이르기까지 이 기본 인사는 완전히 몸에 배어 있다. 일본인들은 길을 가다가도 자주 뒤를 돌아본다고 한다. 혹시 자기가 뒤따라오는 사람에게 방해가 되지 않을까? 배려하는 마음에서라고 한다.

이렇게도 남을 배려하는 마음이 투철하고 친절, 정직, 질서를 잘 지키기 때문에 세계에서 으뜸 나라가 된 것이다.

'강남의 귤을 강북으로 옮겨 심으면, 탱자가 된다(남귤북지;南橘北枳).'는 말이 있다. 일본과 한국 중에 어디가 강남인가? 우리도 일본처럼 '오아시스'같은 말로 어린이들을 가르치면 좋지 않겠는가?

일본이 미국한테 공손한 것은 미국을 이길 힘이 없기 때문이다. '작은 나라가 큰 나라를 섬기는 것은 하늘을 두려워하기 때문이고(以小大, 畏天者也). 하늘을 두려워하는 자는 나라를 보존한다.(畏天者其保國)'는 맹자의 말을 새겨둘 교훈이다.

한국인은 '체'가 많다. 못났으면서도 잘난 체, 없으면서도 있는 체, 모르면서도 아는 체, 체가 인격을 손상시키기도 한다.

모르는 것을 남에게 묻는 것을 수치로 생각해선 안 된다. 모르는 것은 나이가 어린 사람한테도 물어서 배우라는 불치하문(不恥下問)이란 말이 있다.

우리가 일본인들보다 나으려면 위에서 든 예를 능가하는 사회적 윤리 교육이 필요하다.

많이 쓰이는 외래어(4)

이 경 택

갈라쇼(gala show)=기념하거나 축하하기 위해 여는 공연

갤러리(gallery)=미술품을 진열, 전시하고 판매하는 장소, 또는 골프 경기장에서 경기를 구경하는 사람

거버넌스(governance)=민관협력 관리, 통치

걸 크러쉬(girl crush)=여성이 같은 여성의 매력에 빠져 동경하는 현상

그라데이션(gradation)=하나의 색상을 다른 색상으로 점차 변화시키는 효과, 색의 계층

그래피티(graffiti)=길거리 그림, 길거리의 벽에 붓이나 스프레이 페인트를 이용해 그리는 그림

그랜드슬램(grand slam)=테니스, 골프에서 한 선수가 한 해에 4대 큰 주요 경기에서 모두 우승하는 것. 야구에서 타자가 만루 홈런을 치는 것

그루밍(grooming)=화장, 털손질, 손톱 손질 등 몸을 치장하는 행위.

글로벌 쏘싱(global sourcing)= 세계적으로 싼 부품을 조합하여 생산단가 절약

내레이션(naration)=해설

내비게이션(navigation)=① (선박, 항공기의)조종, 항해 ② 오늘날(자동차 지도 정보 용어로 쓰임)

노멀 크러쉬(nomal crush)=평범하고 소박한 것이 행복하

다고 느끼는 정서

노블레스 오블리주(noblesse oblige)＝지도층 인사들에게
　　요구되는 도덕적 의무

뉴트로(new+retro)〉 newtro)＝새로움과 복고의 합성어로
　　새롭게 유행하는 복고풍 현상

님비(NIMBY. not in my backyard)현상＝지역 이기주의
　　현상(혐오시설 기피 등)

더치페이(dutch pay)＝비용을 각자 부담하는 것

더티 플레이(dirty play)＝속임수 따위를 부리며 정정당당하
　　지 못한 태도로 행동하는 것

데모 데이(demo day)＝시연회 날

데이터베이스(data base)＝정보 집합체, 컴퓨터에서 신속
　　한 탐색과 검색을 위해 특별히 조직된 정보 집합체,
　　여러 사람에 의해 공유되어 사용될 목적으로 통합하
　　여 관리되는 자료 집합

데자뷰(deja vu): 처음 경험 임에도 불구하고 이미 본 적이
　　있거나 경험한 적이 있다는 이상한 느낌이나 환상.
　　프랑스어로 '이미 보았다'는 뜻.

도어스테핑(doorstepping)＝출근길 문답, 호별 방문

도플갱어(doppelganger)＝자신과 똑같이 생긴 사람이나
　　동물, 즉 분신이나 복제품

드라이브 스루(drive through)＝주차하지 않고도 손님이
　　상품을 사들이도록 하는 사업적인 서비스로서 자동
　　차에서 내리지 않은 상태로 서비스를 받을 수 있는
　　운영 방식

디자인 비엔날레(design biennale)＝국제 미술전

디지털치매=디지털 기기에 지나치게 의존하여 기억력이나 계산력이 크게 떨어진 상태를 일컫는 말

딥 페이크(deep fake)=인공지능 기술을 이용해 특정 인물의 얼굴 등을 특정 영상에 합성한 편집물, 주로 가짜 동영상을 말함

딩크 족(DINK, Double Income No Kids 의 약어)=정상적인 부부 생활을 영위하면서 의도적으로 자녀를 두지 않는 맞벌이 부부를 일컫는 말

라이브 커머스(live commerce)=실시간 방송 판매

랩소디(rhapsody)=광시곡, 자유롭고 관능적인 악곡 형식

레알(real)=진짜, 또는 정말이라는 뜻. 리얼을 재미있게 표현한 것

레트로(retro)=과거의 제도, 유행, 풍습으로 돌아가거나 따라 하려는 것을 통칭하여 이르는 말

레퍼토리(repertory)=들려줄 수 있는 이야깃거리나 보여줄 수 있는 장기, 상연 목록, 연주 곡목

로드맵(roadmap)=방향제시도, 장차 스케줄, 도로지도

로밍(roaming)=계약하지 않은 통신 회사의 통신 서비스도 받을 수 있는 것. 국제통화기능(자동로밍가능 휴대폰 출시)체계

루저(loser)=패자, 모든 면에서 부족하여 어디에 가든 대접을 못 받는 사람

리셋(reset)=초기 상태로 되돌리는 일

리플=리플라이(reply)의 준말. 댓글 · 답변 · 의견

마스터플랜(masterplan)=종합계획, 기본계획

마일리지(mileage)=주행거리, 고객은 이용 실적에 따라

점수를 획득하여 누적된 점수는 화폐의 기능을 한다.

매니페스터(manifester) = 감정, 태도, 특질을 분명하고 명백하게 하는 사람(것)

매니페스토(manifesto)운동 = 선거 공약검증운동

메시지(message) = 알리기 위하여 보내는 말이나 글

메타(meta) = 더 높은, 초월한 뜻의 그리스어

메타버스(metaverse) = 현실세계와 같은 사회·경제·문화 활동이 이뤄지는 3차원 가상세계를 말함

메타포(metaphor) = 행동, 개념, 물체 등의 특성과는 다른 무관한 말로 대체하여 간접적, 암시적으로 나타내는 은유법, 비유법으로 직유와 대조되는 암유 표현.

멘붕 = 멘탈(mental) 붕괴. 정신과 마음이 무너져 내리는 것

멘탈(mental) = 생각하거나 판단하는 정신. 또는 정신세계.

멘토(mentor) = 현명하고 신뢰할 수 있는 상대이며 스승 혹은 인생 길잡이 역할을 하는 사람

모니터링(monitoring) = 감시, 관찰, 방송국, 신문사, 기업 등으로부터 의뢰받은 방송 프로그램, 신문 기사, 제품 등에 대해 의견을 제출하는 일

미션(mission) = 사명, 임무

버블(bubble) = 거품

벤치마킹(benchmarking) = 타인의 제품이나 조직의 특징을 비교 분석하여 그 장점을 보고 배우는 경영 전략 기법

보이콧(boycott) = 어떤 일을 공동으로 받아들이지 않고 물리치는 일, 불매동맹, 비매동맹

브랜드(brand) = 사업자가 자기 상품에 대하여, 경쟁업체의

것과 구별하기 위하여 사용하는 기호·문자·도형 따
위의 일정한 표지

사보타주(sabotage) = 태업을 벌임. 노동쟁위, 의도적으로
일을 게을리 하여 사주에게 손해를 주는 방법

사이코패스(psychopath) = 태어날 때부터 감정을 관장하는
뇌 영역이 처음부터 발달하지 않은 반사회적 성격장
애와 품행장애를 가진 사람을 지칭하는 데 주로 사용

센세이션(sensation) = (자극을 받아서 느끼게 되는) 느낌,
많은 사람을 흥분시키거나 물의를 일으키는 것.

소셜 미디어(social media) = 누리 소통 매체, 생각이나 의
견을 표현하거나 공유하기 위해 사용하는 개방화된
인터넷상의 내용이나 매체

소프트(soft) = 부드러운

소프트파워(soft power) = 문화적 영향력

솔루션(solution) = 해답, 해결책, 해결방안, 용액

스펙터클(spectacle) = (굉장한) 구경거리, 광경, 장관

스태그플레이션(stagflation) = 경제 불황 속에서 물가상승
이 동시에 발생하고 있는 상태

시놉시스(synopsis) = 영화나 드라마의 간단한 줄거리나 개
요. 주제, 기획의도, 줄거리, 등장인물, 배경 설명

시스템(system) = 필요한 기능을 실현하기 위하여 관련 요
소를 어떤 법칙에 따라 조합한 집합체.

시크리트(secret) = 비밀

시트콤(sitcom) = 시추에이션 코메디(situation comedy) 약
자, 분위기가 가볍고, 웃긴 요소를 극대화한 연속극

시프트(shift) = 교대, 전환, 변화

싱글(single) = 한 개, 단일, 한 사람

아웃쏘싱(outsourcing) = 자체의 인력, 설비, 부품 등을 이용해 비용 절감과 효율성 증대를 목적으로 외부 용역이나 부품으로 대체하는 것.

아이템(item) = 항목, 품목, 종목

아젠다(agenda) = 의제, 협의사항, 의사일정

알레고리(allegory) = 유사성을 적절히 암시하면서 주제를 나타내는 수사법. 즉 풍자하거나 의인화해서 이야기를 전달하는 표현방법

애드 립(ad lib) = (연극, 영화 등에서) 대본에 없는 대사를 즉흥적으로 만들어내는 것

어택(attack) = 공격(하다), 습격(하다), 발병(하다)

어필(appeal) = 호소(하다), 항소(하다), 관심을 끌다

언박싱(unboxing) = (상자, 포장물의) 개봉, 개봉기

에디터(editor) = 편집자

엔터테인먼트(entertainment) = 대중을 즐겁게 해주는 연예 (코미디, 음악, 토크 쇼 등 오락)

오리지널(original) = 복제. 각색의 모조품 등을 만드는 최초의 작품. 근원, 기원.

오티티(OTT, Over-the-top) = 인터넷 동영상 서비스. 영화, TV 방영 프로그램 등의 미디어 콘텐츠를 인터넷을 통해 소비자에게 제공하는 서비스

옴부즈(ombuds) = 다른 사람의 대리인. (스웨덴어)

옴부즈맨(ombudsman) = 정부나 의회에 의해 임명된 관리로, 시민들에 의해 제기된 각종 민원을 수사하고 해결해 주는 사람

와이브로(wireless broadband. 약어는 wibro) = 이동하면서도 초고속 인터넷을 이용할 수 있는 무선 휴대 인터넷의 명칭. 개인 휴대 단말기(다양한 휴대 인터넷 단말을 이용하여 정지 및 이동 중에서도 언제, 어디서나 고속으로 무선 인터넷 접속이 가능한 서비스)

유비쿼터스(ubiquitous) = 도처에 있는, 사용자가 컴퓨터나 네트워크를 의식하지 않고 장소에 상관없이 자유롭게 네트워크에 접속할 수 있는 환경

인서트(insert) = 끼우다, 삽입하다, 삽입 광고

젠트리피케이션(gentrification) = 둥지 내몰림, 도심 인근의 낙후지역이 활성화되면서 임대료 상승 등으로 원주민이 밀려나는 현상

징크스(jinx) = 재수 없는 일, 불길한 징조의 사람이나 물건, 으레 그렇게 될 수밖에 없는 악운으로 여겨지는 것.

챌린지(challenge) = 도전, 도전하다. 도전 잇기, 참여 잇기.

치팅 데이(cheating day) = 식단 조절을 하는 동안 정해진 식단을 따르지 않고 자신이 먹고 싶은 음식을 먹는 날

카르텔(cartel) = 서로 다른 조직이 공통된 목적을 위해 일시적으로 연합하는 것. 파벌, 패거리

카이로스(Kairos) = 기회를 잡을 수 있는 결정적 순간, 평생 동안 기억되는 개인적 경험의 시간을 뜻

카트리지(cartridge) = 탄약통. 바꿔 끼우기 간편한 작은 용기. 프린터기의 잉크통

커넥션(connection) = 연결, 연계, 연관, 접속, 관계

컨설팅(consulting)=전문지식을 가진 사람이 상담이나 자문에 응하는 일

컬렉션(collection)=수집, 집성, 수집품, 소장품

코스등산=여러 산 등산(예: 불암, 수락, 도봉, 북한산… 도봉 근처에서 하루 자면서)

콘서트(concert)=연주회

콘셉(concept)=generalized idea(개념, 관념, 일반적인 생각)

콘텐츠(contents)=내용, 내용물, 목차. 한국='콘텐츠 貧國'(유무선 통신망을 통해 제공되는 디지털 정보나 내용물의 총칭)

콜센터(call center)=안내 전화 상담실

크로스(cross)=십자가(가로질러) 건너다(서로) 교차하다, 엇갈리다

크리켓(cricket)= 공을 배트로 쳐서 득점을 겨루는 방식으로 진행되는 단체 경기. 영연방 지역에서 널리 즐기는 게임

키워드(keyword)=핵심어, 주요 단어(뜻을 밝히는데 열쇠가 되는 중요하고 핵심이 되는 말)

테이크아웃(takeout)=음식을 포장해서 판매하는 식당이 아닌 다른 곳에서 먹는 것, 다른 데서 먹을 수 있게 사가지고 갈 수 있는 음식을 파는 식당

트랜스 젠더(transgender)=성전환 수술자

틱(tic)=의도한 것도 아닌데 갑자기, 빠르게, 반복적으로, 비슷한 행동을 하거나 소리를 내는 것

파라다이스(paradise)=걱정이나 근심 없이 행복을 누릴

수 있는 곳

파이팅(fighting) =싸움, 전투, 투지, 응원하며 잘 싸우라는 뜻으로 외치는 소리.

패널(panel) =토론에 참여하여 의견을 말하거나, 방송 프로그램에 출연해 사회자의 진행을 돕는 역할을 하는 사람 또는 그런 집단.

패러독스(paradox) =역설, 옳은 것으로 보이나 이상한 결론을 도출하는 주장, 논리적으로 모순을 일으키는 논증.

패러다임(paradigm) =생각, 인식의 틀, 특정 영역·시대의 지배적인 대상 파악 방법 또는 다양한 관념을 서로 연관시켜 질서 지우는 체계나 구조를 일컫는 개념. 범례

패러디(parody) =특정 작품의 소재나 문체를 흉내 내어 익살스럽게 표현하는 수법 또는 그런 작품. 다른 것을 풍자적으로 모방한 글, 음악, 연극 등

팩트 체크(fact check) =사실 확인

퍼머먼트(permanent make-up) =성형 수술, 반영구 화장:파마(=펌, perm)

포랜식(frensic) =법의학적인, 범죄과학수사의, 법정 재판에 관한.

포럼(forum) =공개 토론회, 공공 광장, 대광장.

푸쉬(push) =(무언가를) 민다, 힘으로 밀어붙이다. 누르기

프라임(prime) =최상등급. 주된, 주요한, 기본적인

프랜차이즈(franchise) =특정한 상품이나 서비스를 제공하는 주제자가 일정한 자격을 갖춘 사람에게 일정지역

에서의 영업권을 줌.

프레임(frame) =틀, 뼈대 구조

프로테스탄트(protestant) =신교 신봉 교도(16세기 종교개혁결과로 로마 가톨릭교회에서 떨어져 성립된 종교단체)

프로슈머(prosumer) =생산자이자 소비자인 사람. 기업 제품에 자기의견, 아이디어(소비자 조사해서)를 말해서 개선 또는 소비자가 원하는 제품을 개발토록 직접 또는 간접적으로 참여하는 사람(프로슈머 전성시대)

피톤치드(phytoncide) =식물이 병원균·해충·곰팡이에 저항하려고 내뿜거나 분비하는 물질. 심폐 기능을 강화시키며 기관지 천식과 폐결핵 치료, 심장 강화에도 도움이 된다고 알려져 있다.

픽쳐(picture) =그림, 사진, 묘사하다

필리버스터(filibuster) =무제한 토론. 의회 안에서 다수파의 독주 등을 막기 위해 합법적 수단으로 의사 진행을 지연시키는 무제한 토론

하드(hard) =엄격한, 딱딱함, 얼음과자(아이스 크림데 반대되는)

하드커버(hard cover) =책 표지가 두꺼운 것(책의 얇은 표지는 소프트 커버)

헤드트릭(hat trick) =축구와 하키에서 한 선수가 한 경기에서 3골 득점하는 것

휴먼니스트(humanist) =인도주의자

사자성어

이병희

以聽得心(이청득심)

以-써 이   聽-들을 청
得-얻을 득   心-마음 심

•사람의 마음을 얻는 제일 좋은 방법은
귀를 기울여 남의 말을 경청해야 한다는 뜻
-마음을 얻는 최고의 방법은 귀를 기울여 듣는
것이다

教學相長(교학상장)

教-가르칠 교   學-배울 학
相-서로 상   長-자랄 장

*가르치는 일과 배우는 일이 서로를 성장시킴

阿鼻叫喚
아 비 규 환

불교의 팔대지옥의 하나인 아비지옥과 규환지옥에서 울부짖는 참상. 뜻밖의 참화에서 헤어나려고 울부짖음. 阿鼻叫喚

我田引水
아 전 인 수

자기에게만 유리하도록 행동함. 我田引水

惡衣惡食
악 의 악 식

좋지 못한 옷을 입고 맛없는 음식을 먹음. 惡衣惡食

安貧樂道
안 빈 락 도

가난하지만 편안히 살며 도를 즐김. 安貧乐道

梁上君子
양 상 군 자

도둑이 대들보 위에 숨어 있는데 자식을 불러 놓고 진이란 사람이 "사람이 스스로 힘쓰지 않으면 대들보 위의 군자같이 되느니라"라고 훈계하니 도둑이 놀라 내려와 무릎 꿇고 용서를 빌었다는 고사에서 옴. 도둑을 좋게 부르는 말. 梁上君子

暗中摸索
암 중 모 색

어둠 속에서 더듬어 찾는다는 뜻. 비밀리에 대책을 강구함. 暗中摸索

弱肉強食 약 육 강 식	강자가 약자를 잡아먹음. 弱肉强食
羊頭狗肉 양 두 구 육	양의 머리를 내걸고 개고기를 판다는 뜻으로 겉과 속이 다름. 羊头狗肉
良藥苦口 양 약 고 구	좋은 약은 입에 쓰다. 충직한 말은 듣기는 싫으나 받아들이면 이롭다. 良药苦口
養虎遺患 양 호 유 환	호랑이 새끼를 길러 화를 당하다. 하찮은 문제를 키워 큰일을 만드는 것. 养虎遗患
魚頭肉尾 어 두 육 미	물고기 대가리, 짐승 꼬리가 맛있다는 말. 鱼头肉尾
漁父之利 어 부 지 리	양편이 다투는 사이 제삼자가 이득을 가로챔. 渔父之利
語不成説 어 불 성 설	말이 이치에 맞지 않음. 말도 안 되는 소리. 语不成说
言語道斷 언 어 도 단	말문이 막힌다는 뜻으로, 어이없어서 말을 할 수 없음. 言语道断

言中有骨 언 중 유 골	예삿말 속에 뜻이 들어 있음. 言中有骨
與民同樂 여 민 동 락	왕이 백성과 더불어 즐거움을 같이 함. 与民同乐
緣木求魚 연 목 구 어	나무에 올라 고기를 구하듯 불가능한 일을 하려고 함. 緣木求鱼
拈華示衆 염 화 시 중	말하지 않아도 서로 마음이 통함. 拈华示众
榮枯盛衰 영 고 성 쇠	개인이나 사회의 성함과 쇠함 이 뒤바뀌는 현상. 榮枯盛衰
永久不變 영 구 불 변	영원히 변하지 않음. 永久不变
五里霧中 오 리 무 중	안개가 오 리나 끼었듯 앞이 막막함. 五里雾中
寤寐不忘 오 매 불 망	자나 깨나 잊지 못함. 寤寐不忘

吾不關焉 오 불 관 언	나는 그 일에 상관하지 아니함. <div align="right">吾不关焉</div>
吾鼻三尺 오 비 삼 척	내 코가 석 자. 자기 궁핍이 심하여 남의 어려움을 돌아볼 수 없음. <div align="right">吾鼻三尺</div>
烏飛梨落 오 비 이 락	까마귀 날자 배 떨어진다. 즉 남의 혐의를 받기 쉽다는 비유. <div align="right">乌飞梨落</div>
烏飛一色 오 비 일 색	까마귀가 모두 같은 빛깔이듯 똑같음. <div align="right">乌飞一色</div>
傲霜孤節 오 상 고 절	서릿발 속에서도 굴하지 않고 홀로 꼿꼿함. 충신과 국화를 뜻함. <div align="right">傲霜孤节</div>
吳越同舟 오 월 동 주	원수가 한 배를 타듯 뜻 다른 사람이 동석함. <div align="right">吴越同舟</div>
烏合之卒 오 합 지 졸	까마귀 떼처럼 규율도 질서도 없이 모인 보잘것없는 무리. <div align="right">乌合之卒</div>

屋上架屋
옥 상 가 옥

지붕 위에 지붕을 만듦. 물건이나 일을 부질없이 거듭함.

屋上架屋

沃野千里
옥 야 천 리

기름지고 넓은 들판.

沃野千里

玉衣玉食
옥 의 옥 식

좋은 옷 입고 맛있는 음식을 먹음.(好衣好食과 같음)

玉衣玉食

溫故知新
온 고 지 신

옛것을 익혀 새 것을 알다.

溫故知新

臥薪嘗膽
와 신 상 담

오나라 왕 부차와 월나라 왕 구천의 고사에서 나온 말. 나무 섶에 누워 쓴 쓸개를 맛보며 원수를 갚기 위해 괴로움을 참고 견딤.臥薪嘗胆

外富內貧
외 부 내 빈

겉은 부자이나 속은 가난함.

外富內貧

外柔內剛
외 유 내 강

겉보기에 부드럽고 순한 듯하나 속은 굳셈.　外柔內剛

중국 간자(简字) (1)

중국에서는 오래 전부터 간자를 쓰고 있어서 우리나라 사람이
중국에 가면 간판이나 안내문을 읽지 못합니다. 그래서 간자를
가나다순으로 매호 2쪽씩 소개합니다 / 지피지기라 했습니다.
중국 글씨 간자를 알아야 중국을 상대할 수 있습니다.

(발행인)

음	간자	정자	사용 예
가	价	價=값 가	价值/价格/定价
	驾	駕=멍에 가	御驾
	诃	訶=꾸짖을 가	
	轲	軻=굴대 가	
	仮	假=거짓 가	仮裝/仮葬/仮想
	価	價의 속자	物价/好价/代价
각	觉	覺=깨달을 각	感觉/触觉/知觉
	阁	閣=문설주 각	内阁/阁僚/池阁
	壳	殼=껍질 각	地壳/枳壳
	悫	愨=성실할 각	诚悫
간	间	間=사이 간	时间/间隔/年间/
	简	簡=편지 간	书简 简字
	垦	墾=따비 간	开垦
	拣	揀=가릴 간	拣择
	艰	艱=어려울 간	艰难
	谏	諫=간할 간	谏言
	恳	懇=정성 간	恳切/恳曲
감	监	監=살필 감	监督/学监/校监
	鉴	鑑=거울 감	鉴赏
	绀	紺=감색 감	绀色

강	讲	講=익힐 강	讲义/受讲/听讲청강
	钢	鋼=강철 강	钢铁
	刚	剛=굳셀 강	金刚
	冈	岡=언덕 강	
개	开	開=열 개	开业/开始/开式
	个	個=낱 개	个人/个当/个别
	盖	蓋=덮을 개	宝盖
계	阶	階=섬돌 계	阶段/阶级/层阶
	启	啓=가르칠 계	启蒙/启发/谨启
	继	繼=이을 계	継续/承継/継统
	鸡	鷄=닭 계	鸡肋/鸡鸣/群鸡
경	经	經=날 경	经济/经科/经理
	镜	鏡=거울 경	面镜/镜台/破镜
	庆	慶=경사 경	庆事/庆贺/庆福
격	击	擊=부딪칠 격	冲击/爆击/出击
검	检	檢=단속 검	检讨/检事/检查
견	见	見=볼 견	见习/发见/见学
	坚	堅=굳을 견	坚固/坚实/坚决
	茧	繭=고치 견	茧丝/蚕茧
고	库	庫=곳집 고	库间/仓库/文库
	贾	賈=장사 고	商贾
공	巩	鞏=묶을 공	巩固
과	过	過=지날 과	过去/过举/经过
관	关	關=빗장 관	关系/有关/大关岭
광	广	廣=넓을 광	广场/广义/广野
괴	坏	壞=무너질 괴	破坏/坏灭/崩坏

울타리 보급을 지원하고 후원하신 분들

이상열	박찬숙	이주형	**스마트 북 ⑥ 집**
강갑수	박 하	이진호	**개나리 울타리**
권종태	방병석	이채원	**발행에**
김광일	배상현	임성길	**후원하신 분들**
김대열	배정향	임준택	
김명배	백근기	전형진	이상열 200,000
김무숙	손경영	전홍구	최강일 90,000
김복희	신건자	정경혜	정태광 30,000
김상빈	신영옥	정기영	황선칠 200,000
김상진	신외숙	정두모	이진호 100,000
김연수	신인호	정연웅	이계자 100,000
김성수	심광일	정태광	박주연 30,000
김소엽	심만기	조성호	이주형 30,000
김순덕	심은실	주현주	김영백 30,000
김순찬	안승준	진명숙	김어영 30,000
김순희	엄기원	최강일	김순희 100,000
김승래	오연수	최신재	이병희 30,000
김어영	유영자	최용학	한평화 13,000
김영배	이계자	최원현	전형진 13,000
김영백	이동원	최의상	이인구 50,000
김예희	이병희	최창근	최용학 390,000
김정원	이상귀	표만석	이동원 70,000
김홍성	이상인	한명희	허숭실 30,000
남창희	이상진	한평화	임충빈 50,000
남춘길	이석문	허윤정	이소연 70,000
박경자	이선규	김예희	김홍성 100,000
박영애	이소연	성용애	신외숙 50,000
박영률	이용덕	송재덕	민은기 300,000
박주연	이정숙		김영배 30,000
			(입금순)